KB089970

쓰담 쓰담

쓰담 쓰담

초판 1쇄 인쇄일 2021년 11월 3일
초판 1쇄 발행일 2021년 11월 12일

지은이 류종인
발행처 (재)당진문화재단
주 소 충남 당진시 무수동2길 25-21
전 화 041.350.2932
팩 스 041.354.6605
홈페이지 www.dangjinart.kr

펴낸이 양옥매
디자인 표지혜 송다희
교 정 조준경

펴낸곳 도서출판 책과나무
출판등록 제2012-000376
주소 서울특별시 마포구 방울내로 79 이노빌딩 302호
대표전화 02.372.1537   **팩스** 02.372.1538
이메일 booknamu2007@naver.com
홈페이지 www.booknamu.com
ISBN 979-11-6752-056-2 [03810]

* 저작권법에 의해 보호를 받는 저작물이므로 저자와 출판사의 동의 없이
  내용의 일부를 인용하거나 발췌하는 것을 금합니다.
* 파손된 책은 구입처에서 교환해 드립니다.

2021 당진 올해의 문학인 선정작품집

쓰담 쓰담

류종인 · 지음

당진문화재단

쓰담은 '손으로 살살 쓸어 어루만지다'라는 사전적 의미가 있지만, 붓글씨도 수필隨筆도 모두 붓(필筆)을 사용하는 장르다 보니 '써서 담는다'는 어휘로 써 보았습니다.

서예에 입문한 지는 강산이 여러 번 바뀌었지만 천학비재淺學非才하고 혹시나 지인들에게 부담이 될까 싶어 2010년 첫 번째 전시 후 내보이지 않았습니다. 수필에 입문한 후로 개인 수필집은 겨우 1집『월야의 상록수』만을 내보인 것이 전부였습니다. 세간의 평가가 두렵지만 뭔가 자꾸 써야만 한다는 강박관념에 사로잡혀 또 일을 저질러 봅니다. 종심從心의 나이에 와서 보니 혹시라도 건강이 실기라도 하면 어쩌나 조바심이 일었습니다. 설익은 주제를 주무른다고 완숙될 리 없다 싶어 주워 모았습니다.

문학 작품이 시각예술을 만나서 독자에게 지루함을 덜 수 있다면 아주 의미가 없지 않다는 생각에 이르렀습니다. 수필가에게는 독자에게 사랑받는 수필 한 편을 건지기 위하여 다작을 한다지만, 꿈을 이루기는 쉬운 일이 아니라고 합니다. 시각예술인 서예도 중국의 법첩으로 공부하지만, 우리 선조들이 일군 서체를 연구해서 써야 한다는 은사 선생님의 가르침을 받았습니다. 가급적 수필 작품과 관련한 내용을 주로 광개토호태왕비廣開土好太王碑의 필의筆意로 써 앞 페이지에 배치하는 형식으로 꾸몄습니다.

흔히 말하는 천자문千字文이 중국의 역사를 서술한 책인 반면 우리나라 역사를 서술한 천자문도 37종이나 되고 있습니다. 그중 대동천자문大同千字文을 광개토호태왕비 필의로 써서 부록으로 담아 보았습니다. 우리가 쓰는 한자는 우리의 선조인 동이족東夷族이 쓰던 문자임이 밝혀졌는데도 한자가 중국에서 수입된 외래어로 잘못 알고 있는 신세대들에게 다소나마 도움이 되기를 바라는 마음입니다.

우리가 일상에서 쓰고 있는 어휘 중 칠팔 할이 한자어인데도 한글 전용 정책으로 학교에서 한자를 가르치지 않고, 성인들도 한자를 배우려고 하지 않는 세태가 안타깝습니다. 세계가 부러워하는 우리글 한글이 있는 것은 무한한 자부심이지만, 표음문자表音文字에 표의문자表意文字인 한자를 겸용한다면 우리의 유구한 문화를 더욱 빛낼 수 있지 않을까 생각합니다.

이 책은 한글을 우선으로 하면서 일부 한문 용어는 한자를 중복하여 사용하였음을 밝힙니다. 한글세대에게는 다소 어렵다고 생각할지 모르지만 정확한 뜻을 전달하는 데는 한자 겸용이 유용하다는 점을 다시 한번 강조하고 싶습니다.

쓰담 쓰담

지내 온 세월의 흔적을 돌아보면 잘한 일보다는 오만과 아집으로 타인에게 섭섭하게 했던 일들이 기억을 떠나지 않습니다. 글씨와 글 속에 그런 속내를 적나라하게 표현하지는 못했지만 옷깃을 스쳤던 인연들께 용서를 비는 마음을 전하고자 합니다.

붓글씨와 수필 작품을 한데 엮어 융복합인문학에 접근하려는 작가의 실험이 독자 제현諸賢께 번거로움을 끼치지는 않을지 두렵기도 하지만 아낌없는 질정叱正을 주시면 더없는 영광이겠습니다.

끝으로 많이 부족한 사람을 '올해의 문학인'으로 선정해 주시고 책 발간을 도와주신 당진문화재단, 작품 해설에 노고를 아끼지 않으신 문학평론가님, 출판사 관계자 여러분께 깊은 감사를 드리며 나루문학회, 당진수필문학회 회원 여러분과 함께 출판의 기쁨을 나누고자 합니다.

2021년 11월

당진 누옥陋屋 구절산방九節山房에서

류 종 인 돈수頓首

차 례

1부

일생
My whole life

大德至忠

辛丑秋日於九節山房眉石學人

 잊을 수 없는 사람

고등학교 학창 시절에 만난 홍성찬 선생님은 나의 운명을 바꿔 놓으신 은사恩師님이시다. 사제지간師弟之間이지만 나이는 나보다 8년 연상의 선배 동문이시다. 고등학교를 졸업한 지 오십여 년이 지났어도 매주 목욕탕에서 조우遭遇하면서 여전히 인생의 멘토로 모시고 산다.

내가 태어나고 자란 곳은 당진의 시골 마을이었다. 초·중학교를 간신히 졸업하고 고등학교에 진학할 형편이 되지 못하자 6·25 때 할아버지와 사별하고 예산으로 개가하여 사시던 할머니의 호의로 그곳 예산농고에 유학을 가게 되었다. 할머니의 보살핌도 잠시, 천안의 큰아들 집으로 이사를 가시면서 나는 기거할 곳이 없게 되었다. 방을 얻어 자취를 하면서 신문 배달로 학비를 보태기도 하고, 산부인과 병원 집 아들의 가정교사 노릇도 해 가면서 학업을 이어 나갔다.

3학년 2학기는 취업 준비가 우선이라서 교내 농산물가공실 장학생을 자청하여 일과 공부를 병행해야 했다. 때는 바야흐로 시험 일자가 닥쳐왔다. 고등학교를 졸업하고 사회에 진출해서 돈을 벌어야 다섯 동생을 가르칠 수 있다는 장남으로서의 사명감으로 일찍이 농협중앙회 입사 시험을 준비하고 있었다. 당시 제도는 담임 선생님의 추천서가 첨부되어야 응시원서를 제출할 수 있었는데, 당시 담임 선생님의 답변은 나를 천 길 지옥으로 처박는 것이었다.

"너는 1학기 수업료를 안 내서 추천서를 써 줄 수 없다."

수심에 차 있는 나를 발견한 홍 선생님은 어떻게 아셨는지 그런 건 걱정하지 말라시며 열심히 시험 준비나 하라고 타이르셨다. 다음 날 추천서를 해 오셨고, 나는 무난히 시험에 응시할 수 있었다. 전체 12명이 응시를 했었는데 유일하게 나만이 합격을 했고 전교생의 부러움을 한 몸에 받으며 졸업도 하기 전에 취업한 농협은 나의 평생직장이 되어 40여 년을 봉직했다.

만약 그때 홍 선생님의 도움이 없었다면 나는 평생을 고생스럽게 살았을지도 모른다. 당시 선생님은 대학을 나오시고 바로 교단에 서셨을 때이니 의협심도 강했던 분이셨다. 당시의 시대 상황은 선생님도 경제적으로 여유가 없으셨을 텐데 선뜻 제자의 수업료를 내주신 걸 생각하면 보기 드문 사도師道의 모범을 보이신 스승이었다.

첫 월급을 받아 우선 홍 선생님이 대납하신 수업료부터 갚고자 했으나 받기를 거절하시므로 당시 제법 쓸 만한 트랜지스터라디오를 선물로 대신하고 말았다. 내가 농협에서 바쁜 시간을 보내는 동안 홍 선생님도 고등학교가 대학으로 승격되자 교수로, 학장으로 승진하셨고, 한때는 자치단체장에 출마를 하시는 등 활동의 폭을 넓혀 나가셨다. 이때 얻으신 충격으로 경제적·정신적 손실이 상당하셨을 텐데 나는 아무런 도움도 되지 못한 것이 마음의 빚으로 남아 있다.

홍 선생님은 학교를 정년하신 후 인근 농촌 마을에 전원주택을 마련하시고 친구 또는 제자들을 불러 모아 체험으로 농사지어 나누어 먹는 일을 하고 계신다. 나 또한 농협을 정년퇴직하고 당진 고향에 들어와 이런저런 농사일로 소일하면서 매주 덕산온천엘 간다. 선생님은 매주 일요일 목욕탕을 다녀서 아드님이 목회를 하고 있는 해미교회로 향하시고, 나는 가족과 함께 그 시간에 맞춰 다녀오는 여정에 선생님의 안부를 여쭙는다.

때로는 농사에 관해서, 때로는 도서 출판에 대해서, 건강에 대해서, 정치에 대해서 온탕과 냉탕을 오가며 나누는 대화는 마르지 않는 샘물처럼 언제나 싱그럽다. 사제 간이지만 남이 볼 때는 친구같이, 형제같이 보일 법한데 나에게는 평생을 잊지 못할 은인(恩人)이시다.

체구가 작으셔서 별명이 '개미선생님'이셨는데 제자 사랑하시는 마음이 바다와 같고 농업·농촌 사랑이 태산과 같이 높으셨던 은사님! 사모님과 함께 일요일마다 교회로 향하시는 모습에서 부부지간, 부자지간의 애틋한 사랑을 훔쳐봅니다. 하느님의 충직한 제자로 사시고 저는 선생님의 영원한 제자로 살렵니다.(서예작품: 대덕지충) 선생님, 사랑합니다. 존경합니다.

_ 2018. 1. 「동양일보」 게재

易地思之

辛巳秋分節宿石散人

주례단상 主禮斷想

요즘의 혼주들은 주례사를 부탁할 때 짧게 해 달라는 옵션을 붙인다. 하객들의 지루함을 덜어 주려는 마음에서 하는 부탁일 게다. 게다가 주례 선생님을 모시면 평생 예의를 지켜야 한다는 부담감으로 예식장 전속 주례를 선호하는 경향마저 있다고 한다. 이러한 추세를 아는지라 나 또한 주례를 설라치면 망설여진다.

내가 주례를 서게 된 것은 50대 초반의 전 직장에서 일선 책임자로 있을 때였다. 같이 근무하던 노총각이 부탁을 해 왔다. 나는 그때까지만 해도 주례를 서는 분이라면 높은 덕망은 물론 세상을 많이 사신 분을 모시는 것이 마땅하다고 생각하여 거절하였다. 학창 시절 은사님을 모시면 좋을 듯하니 부탁을 드려 보라는 충고를 덧붙여 돌려보냈다.

그런데 결혼 날짜를 불과 일주일 남겨 놓고 또 찾아와 조르는 것이었다. 어쩔 수 없이 '결혼식 주례'라는 새로운 일에 발을 들여놓게 되었다. 내가 결혼할 때만 해도 신혼여행을 다녀오면 신랑 신부가 선물을 싸 들고 주례 선생님을 찾아 인사드리는 것이 상례였다. 그런데 내가 첫 주례를 서 준 이 부부는 일주일이 지나도, 한 달이 지나도 아무런 반응이 없었다. 옆구리 찔러 질받을 수 없어 그냥 잊고 지냈다.

1년이 지난 어느 날, 이들이 인사를 왔다. "장가들고서 운전면허를 따고 차를 샀습니다. 승진 시험에 합격도 하고 늦은 나이에 아들도 얻었는데 모두가 주례를 서 주신 은덕입니다." 하면서 큰절을 하는 게 아닌가.

그때까지만 해도 나는 어려서 아버지를 여의고 많은 고생을 해 왔던 터라 내 자신이 복이 없는 사람이라서 남의 성스러운 결혼 예식을 집전한다는 것은 삼갈 일이라고 생각했었다. 그러고 보니 이 친구가 나의 기氣를 살려 준 셈이었다. 그동안 나에게 주례를 부탁했다가 거절당한 적잖은 친구들에게 미안한 생각마저 들었다. 그 일이 있은 후로는 가능한 한 거절하지 않았다. 오히려 퇴직 후에는 사회봉사로 인식하여 몇 개 예식장에 전속 주례로 활동하기도 한다.

며칠 전 친구의 딸 결혼을 집전하게 되었다. 혹시라도 정해진 시간에 목적지에 도착하지 못하는 불상사는 없어야 하는 일로 마음에 부담이 있게 마련이었다. 특히나 예식장마다 다른 신랑 신부의 서는 위치를 바로잡느라 반 시간 전에 현장에 도착하는 습관을 가져왔다.

현장에 도착해 보니 건물은 최근에 신축한 훌륭한 시설인데 우려했던 바대로 신랑 신부의 위치를 바꿔서 진행하는 업소였다. 언제부터인지 주례의 좌측이 신랑의 자리건만 못자리 쓸 때와 같이 주례의 우측에 신랑을 세워 놓고 하는 예식이 보편화되고 있는 점이 안타깝다는 생각으로 이를 바로잡아 예식을 진행한다.

쓰담 쓰담

한창 리허설에 바쁜 진행 도우미를 불러 내가 주례자라며 시정을 요구했더니 "주례사님이 시키는 대로 할 텐데 그럼 하객들이 다 자리를 옮겨 앉아야 하는데요?" 하면서 반문해 왔다. 주인공과 부모님만 그렇게 위치하면 된다고 일렀다. '자리'의 의미가 무언지, '주례', '주례사'가 무언지 모르는 종사자와 번듯한 현대식 예식홀은 매치가 되지 않았다.

　주례를 서기 시작한 초창기에는 A4용지 두 장 분량의 주례사를 써서 지참했었다. 그대로 읽지 않더라도 혼인서약서와 성혼선언문과 함께 주례사를 평생의 가르침으로 깊이 새기라는 의도였다. 근래 들어서는 그도 부질없는 일이다 생각하고 주례사 대신에 '역지사지易地思之' 사자성어를 족자에 써 담아 선물로 주고 온다. 주례사는 혼주의 주문도 있고 추세가 그런 점을 감안하여 최대한 간략하게 한다.

　"요즘은 신랑 신부가 이미 인생 설계를 다 해 가지고 오는데 주례가 첫째 사랑하고, 둘째 효도하고, 기타 등등 훈시적인 주문을 해 봐야 귀에 들어오지 않을 것입니다. 한 가지만 부탁을 한다면, 이제 부부가 되었으니 무슨 일이든 혼자서 하지 말고 상호 입장 바꿔 생각하고 행동해야 합니다. '역지사지易地思之'하라는 말입니다. 그리고 연애할 때에는 두 눈을 크게 뜨고 보았겠지만 이제는 한 눈을 감고 살아가십시오. 여기 한 폭의 글씨로 주례사를 대신하겠습니다."

　코미디언 배삼룡 선생이 후배의 결혼식에서 "내가 무슨 말을 하려고 하는지 알지?"라고 묻고는 신랑 신부의 "예." 하는 응답 뒤에 "그럼 잘 살아." 하고 주례사를 마쳤다는 일화가 있다. 절대 명주례사는 길어서 좋은 일은 아닐 성싶다.

　근래 들어 신혼부부의 이혼율이 적지 않다고 듣는다. 만약 백년가약을 지킬 수 없다면 그 계약을 맺어 준 주례에게 사전에 설명하고 이혼을 승낙받는 게 순서가 아닐까. 이런 절차도 무시한 채 너무 쉽게 헤어지는 데서 주례의 무용론이 나오는 건 아닐까.

　더구나 이색적으로 한다고 주례도 없이 사회자가 모든 걸 진행하는 결혼식도 늘고 있다. 설상가상으로 비혼자가 늘어 간다니, 폼 나는 소일거리로서의 주례도 이제 옛말이 되는가 싶다.

　　　　　　　　　　　　　　　　　　　　　　　　　　　쓰담 쓰담

孝親敬長 효친경장

부모님께 효도하고 어른을 공경함

吾自母胎出世間
一生歡樂總親功
旬前幼節愛乳育
冠後壯年執手教
井歲僅知兒子道
命時真覺老翁心
希當白髮古來稀
順入流光瞬息去
花欲十紅風襲地
人命百壽鬼請天
孝誠未及無言逝
嗟我敢慟哭三拜

乙未清明節 思親詩唐文彪長省石如健果敬書

吾自母胎出世間 　오자모태출세간

내가 어머님 몸을 빌려 세상에 나와

一生歡樂總親功 　일생환락총친공

평생을 즐김이 모두 부모의 공덕이라

旬前幼節愛乳育 　순전유절애유육

어릴 때 젖으로 기르며 날 사랑하셨는데

冠後壯年執手敎 　관후장년집수교

이십 넘은 장년 되어 자식 손잡고 가르치니

井歲僅知兒子道 　정세근지아자도

사십에 시작된 도리를 알게 되고

命時眞覺老翁心 　명시진각노옹심

오십에 부모 마음 진실로 깨닫게 되더라

順入流光瞬息去 순입유광순식거

육십에 세월 순식간에 흘러가고

希當白髮古來稀 희당백발고래희

백발을 보게 되자 천심이더라

花慾十紅風襲地 화욕십홍풍습지

꽃은 십 일을 붉고자 하나 바람이 땅을 덮치고

人命白壽鬼請天 인명백수귀청천

인명 백수에 잡귀가 하늘의 뜻을 시기하며

孝誠未及無言逝 효성미급무언서

효성을 못다 한데 부모님 말없이 운명하시니

蹉我敢慙哭三拜 차아감참곡삼배

오 내 감히 부끄러워 통곡하며 절하노라

2014년 당진문화원장에 취임해서 세 분의 부원장을 모시고자 대의원회에 추천을 했고 그중 한 분은 여성 몫이었다. 평생을 교육자의 부인으로 살면서 자녀들을 훌륭히 키우시고 농협, 면사무소 등에 봉사할 일은 앞장서 추진하시던 ○○님이 부원장으로 선출되었다. 그분이 나에게 병풍 글씨를 주문하시기에 처음엔 사양을 하다가 취임 몇 개월이 지나서야 써 드렸다.

　나에게는 증조부로부터 물려받은 병풍 한 틀이 있어 제사 때마다 꺼내 쓰곤 하는데, 70여 년이 지나면서 비로소 글씨가 눈에 들어온다. 종이와 비단에 풀을 발라 병풍틀에 붙이시던 증조부의 손길이 아직도 눈에 삼삼한데 그 당시 글씨를 쓰셨던 분의 인품이 궁금해진다. 낙관落款 글씨에 호號만이 표기되어 있어 누구로부터 받으신 글씨인지 웅혼雄渾 하게 써 내려간 행서行書가 가히 명필인 데서 궁금증은 더해 간다.

　내가 ○○부원장께 써 드린 병풍 글씨에 당진문화원장 직함을 써 드린 것도 세월이 흐른 후 작가를 궁금해하는 일이 혹시 있을까 해서였다. 내가 가지고 있는 병풍에 비하면 글씨가 졸렬拙劣해서 머쓱하기는 하지만 오늘날 효 의식이 날로 쇠퇴하고 있어 의미 있는 문장을 선택했지 싶다. ○○부원장은 제사 지낼 때 사용하기 위해서 병풍을 장만했는데 자녀들에게 교훈이 되고 있어 마음이 흡족하단다.

　십 개월을 어머니 배 속에서 노닐다가 이 세상에 태어나서는 어머니의 산고도 아랑곳없이 젖가슴을 파고들질 않나, 무르팍을 놀이터 삼아 성장했거늘 제힘으로 큰 줄 안다. 머리가 커지고 제 자식이 생기면 늙은 부모는 이제 뒷전이기 십상이다. 내리사랑이라며 합리화하는 건 자식이나 부모나 으레껏 그러려니 한다.

일 생

어쩌다 늘그막에 철들어 부모에게 효도하려 하지만 세월은 기다려 주지 않는다. '불설대보부모은중경佛說大報父母恩重經'을 한시로 표현한 위의 문장이 가슴팍을 절절히 후려친다. 나는 이담에 늙어 수족이 불편해지면 집에서 기거하다 죽는다고 생각하지만 자식들이 내버려 둘까. 사방에 기계음으로 장벽을 쌓고 신음하다가 객사客死하는 순간을 맞을 시간을 생각하면 집에서 목숨이 끊어지는 것을 행복으로 삼았던 옛 어른들의 생각이 옳았다.

내 집이 아닌 곳에서 죽는 것을 객사라 했다. 객사를 가장 불행한 일로 생각했으니 병원에서 죽음을 맞이하는 건 불행이 아닐 수 없는 일이지만 불가피한 세상이다. 병치레하고 병원에서 죽고, 장례식장을 거쳐 화장장에 이르는 일들이 이 세상에서의 보편적 여정이다. 저세상에서나마 편히 쉬라며 제사, 추도식, 백중기도 등을 정성스레 지낸다지만 본래의 가치가 전도된 지 오래다.

돈 벌어 국가에 세금 낼 테니 이 모든 일들을 국가가 도맡아 해 달라는 요청을 국민건강보험, 장기요양보험 등의 제도에 위임하고 있고 자녀를 안 낳거나 한둘을 두고 마니 너 나 없이 자업자득인 셈이다. 더구나 확인할 수 없는 저세상에서의 안식安息이야 오죽하랴. 효를 기대하기도 어렵거니와 병풍인들 필요하기나 할까. 왠지 씁쓸하지만 웰 다잉well-dyeing을 다시 생각하게 한다.

_ 2018. 11. 10

쓰담 쓰담

惻隱之心 측은지심

측은해하는 마음, 남을 불쌍히 여기는 착한 마음

和顏笑聲

辛丑秋日瞻石學人

친절 親切

30년 전 호주에서 있었던 일이다. 내 인생 첫 해외여행지였다. 그림이나 글씨로 보여 주는 세상과 발로 밟아 보는 세상은 어떤 차이가 있을까 궁금하였다. 나의 조국 대한민국을 중심으로 동서남북으로 나누어 여행하겠다는 야심 찬 계획을 세웠다. 그 첫 번째 방문국이 호주였다.

호주 여행 첫날, 궁금증을 가득 안고 호텔 밖으로 나갔다. 저만치서 코가 엄청 큰 백인이 나를 보고 실실 웃는 게 아닌가. 혹시 내 얼굴에, 아니면 옷에 무엇이 묻었나 생각하면서 되도록 빨리 그의 시선을 피해 버렸다. 그가 나에게 아침 인사를 하는 것인 줄 안 것은 그날 아침 버스 안에서 가이드의 설명을 듣고 나서였다.

호주인들은 알든 모르든 눈을 마주치면 언제 어디서든 밝은 표정으로 인사를 건네는 습관이 있다고 했다. 우리 한국인들은 어떤가. 하루종일 골난 사람처럼 무거운 표정을 지어야 근엄한 사람이라 여겼던 시절도 있었다. 그때 마주쳤던 호주인 눈에는 내가 얼마나 골난 사람으로 보였을까 생각하니 혼자서도 얼굴이 붉어진다.

우리나라 국민의 인사성이 좋아진 결정적 계기는 88올림픽일 게다. 많이 좋아졌다고 하지만 등산을 하면서 만나는 사람마다 "안녕하세요?"

또는 "반갑습니다."라고 인사하면 무뚝뚝하게나마 "예." 하고 스치면 다행이다. '별 할 일 없는 사람 다 보겠다'는 표정을 지으며 무응답으로 지나치는 사람도 많다. "Good morning!" 하면 그 답이 "Good morning!" 하듯이 뭐라고 대꾸 좀 해야 하는 것 아닌가.

전국 어디를 가든지 그 지역에 대한 인상은 사람들의 표정과 인사성이 결정한다. 길을 물었을 때 자기가 하던 일을 멈추고 자상하게 안내해 주는 주민, 음식의 맛뿐만 아니라 친절로 다시 찾도록 하는 식당 주인의 매너, 덤은 물론 인정이 넘쳐서 재구매를 할 수밖에 없도록 만드는 상인, 택시를 비롯한 대중교통 기사가 건네는 따뜻한 인사말, 민원인을 부모 형제와 같이 예우하는 관공서 등. 생각만 해도 살맛이 나는 풍경이요 가슴 깊이 새겨질 홍보다.

친절은 사람의 마음을 움직이는 무기다. '친절 봉사' 구호가 '고객 감동'을 넘어 지금은 '고객 졸도'로까지 표현한다. 식당에 가면 맨 먼저 내놓는 것이 냉장고에서 꺼내 오는 차디찬 물이다. 뜨거운 물을 요구하면 온수기에서 맹물을 빼다 주니 중국에서 마셨던 구수한 오차가 그리울 때가 많다. 떨어진 밑반찬을 미리 알아서 가져다주는 종업원에게는 적은 돈이라도 팁을 주고 싶은 충동이 인다. 운전 때문에 한 잔의 술을 마시지 못할 때 가용주 한 잔을 권하는 주인의 센스는 압권일 수 있다.

쌀이 부족해서 소비를 줄여야 했던 시절에 남기는 밥이 없도록 밥공기를 적게 푸되 부족하면 더 주라는 정책을 폈었다. 그때는 쌀은 부족했지만 인심은 넘쳐 부족한 밥은 덤으로 주었다. 지금은 덧밥 값을 받는 관행으로 변했는데, 덧밥을 무한 리필해 주는 업소가 양심적으로 보인다.

어떤 일로 관공서를 찾았을 때 부모나 형제자매를 만난 것처럼 반겨 주고, 내 일같이 처리해 주고, 다른 부서 소관이면 해당 부서까지 안내해서 성의를 다해 시간을 다투는 민원을 신속히 처리해 주는 공무원을 볼 때면 마음으로부터 고마움을 표현하고 싶어진다. 옛날 같으면 담배라도 사서 넣어 주거나 다방커피라도 시켜 줄 수 있었는데. 요즘엔 기관 홈페이지에 친절 사례를 올려서 고마움을 표현하는 길밖에 없다. 친절은 서로 주고받는 것이리라.

내가 함께 근무하는 직장의 직원들에게 이른다. 외부에서 개인 전화번호를 물어 오면 누군지 묻지 말고 알려 주라고, 죄지은 일 없는데 왜 상대방을 가려서 알려 주려고 하는가. 물론 상사에 대한 예의로 알고 하는 응대지만, 내가 알아서 할 테니 무조건 친절하게 안내하라고 말이다. 무의식적으로 베푸는 친절, 습관적으로 몸에 밴 친절이 성공의 요인이 되고 자산이 되는 걸 흔히 잊고 사는 게 우리들 인생이다. 화안소성和顔笑聲(환한 얼굴에 웃음을 띤다)하는 게 친절의 출발점이다.

_ 2016. 3. 10.

南無阿彌陀佛

辛丑秋日　鳳村居士

아미산 지킴이

우리 고장의 아미산峨嵋山은 350여 미터에 불과하지만 지역에서 제일 높다. 인근의 가야산, 도고산이 멀리서 동과 남으로 누워 있고 서북으로 바다가 열려 있어 그 사이로 광활한 예당평야를 이루고 있으니 아미산이 높은 산일 수밖에….

아미산은 그 이름부터가 범상치 않다. 면천 IC에서 나와 면천 시내로 꺾이는 곳이 나뭇고개이고, 아미산에서 서남으로 내려오다 보면 구름다리를 사이에 두고 다불산이 있으니 불교 용어인 나무아미타불南無阿彌陀佛[1]을 연상하게 한다. 여러 가지 전설이 회자되지만 고증을 거쳐서 연유를 밝히는 일이 일차적인 과제다.

아미산은 당진, 면천, 순성에 걸쳐 있는 산인데 굳이 소재지를 표현한다면 정상에 세워진 정자(아미정)가 순성면 땅에 위치하고 있으니 순성산이라야 한다. 하지만 『당진시지唐津市誌』 등 문헌에는 인근 면천면 소재로 표기되어 있다. 이는 면천 출신 면장이 표기를 선점한 결과로 듣고 있어, 이도 바로잡아야 할 일이다.

---

1   나무아미타불南無阿彌陀佛: 아미타불에 귀의한다는 뜻의 불교 용어.

그런 연유인지는 몰라도 아미산 등산로가 면천 쪽에서는 요소에 쉼터, 벤치, 안내판, 시비, 이정표 등이 잘 가꾸어져 있으나 순성 쪽에서는 그런 편의 시설이 거의 없는 실정이다. 그런가 하면 당진천을 따라 심어진 벚나무는 순성산인 구절산 허리를 타고 아미산을 향하는 장관을 이루고 있으니, 이쪽에도 각종의 편의 시설을 갖춰 나가야 한다.

전국에서 쌀 생산량이 제일 많기로 이름난 이 땅에 화력발전소가 들어서고 제철소가 들어오면서 농업 웅군이 공업 도시로 변하고 있다. 세월이 하도 빠르게 흘러 고향을 떠난 이들에게 아미산은 고향에 두고 온 엄마의 품이런가. 전국에서 모여드는 등산객들은 오전에 이 산에 오르고, 바닷가에 나가 해산물로 요기를 채우면서 바다 내음을 맞는 여정이 일품이란다.

일주일에 한 번은 두 시간 거리의 아미산을 다녀와야 직성이 풀린다. 대전에 살 때 '보문산이 나에게는 보물산'이라던 선배를 늘 떠올린다. 집 뒤 동산인 구절산을 돌고 돌아 오르고 내리고를 반복하다 보면 아미산 초입에 이른다. 가파른 오백 여개 계단을 올라야 정상이다. 내 아호명雅號名은 아미산의 미嵋자를 따서 '미석嵋石'이다. 미인의 눈썹같이 아름답게 보인대서 아미산이고 이 산의 한 뿌리 돌에 불과하지만 아미산을 지키고 가꾸는 작업을 여생의 과업으로 할까 한다.

정상에 오르면 당시 군수가 세운 안내판에는 아미산의 높이를 349.5m로 알리고 있는데 국토지리정보원의 안내판은 351m로 표기하고 있다. 정상에서의 산 높이 1.5m는 상당히 차이가 크다 싶어 양 기관에 시정을 청원한 지가 십여 년이 돼 가도 묵묵부답이다. 이런 현상이 왜 이 산뿐이겠느냐마는 작은 것부터 개선해 나간다는 생각으로 청원해야겠다.

우리 마을에 개설 중인 승마장을 주차장 삼고 아홉 정승이 난다는 구절산을 거쳐 아미산에 이르는 등산 도로변을 시비詩碑로 장식해서 시문학과 서예술과 석각예술이 흐르는 공간으로 꾸며야겠다. 조각 작품이 간간이 있으면 더 좋고, 황톳길도 조성하면 금상첨화겠지….

산은 누구에게나 너그럽다. 산을 지키는 흙과 돌과 나무와 풀 들이 나름의 가르침을 주지만 세월을 지나온 인걸의 시나 명구를 새겨 세워서 지나는 이들을 반기게 하는 작업은 이 산의 아름다움을 더하고 인성 함양에 청량제가 될 것이다.

마을 어귀에 농산물 무인 판매대를 설치하고 주막거리를 조성해서 조상들의 막걸리 문화를 재현하는 일도 지역 경제 활성화를 위해서 필요하다. 우리 마을에는 2010년 전국 막걸리품평회에서 금상을 받은 미담 막걸리 공장이 있는 것도 무형의 자산이다.

아미산에는 진달래가 많이 자생하여 그 꽃을 따다가 술을 담가 즐기며 기상을 꽃피웠으니 진달래를 잘 보존하고 개체를 확산하는 일은 더욱 중요하다. 면천은 고려 개국공신 복지겸의 고장이고 그의 딸 영랑이 진달래꽃으로 두견주를 담가 장군의 병을 치유했다는 전설이 전해 내려오고 있다. 두견주가 서울의 문배주, 경주 법주와 함께 국가 지정 3대 명주로 명성이 나 있다. 두견주와 함께 미담막걸리가 지역의 명주로 자리매김하도록 해야겠다.

당진을 대표하는 아미산이 당진, 면천, 순성 어디서라도 접근이 용이하고 17만 시민은 물론 관광객의 건강과 힐링을 지켜 주는 명산이 되도록 하는 일은 의미가 크다. 한자로 '사람 인人변' 옆에 '나무 목木'을 쓰면 '쉴 휴休' 자가 된다. 산은 정복해야 하는 대상이라기보다는 나무 밑에서 쉬는 장소인 것이다. 그래서 구절산, 아미산이 높고 낮음을 떠나 당진 사람들에겐 보물일 수밖에 없다. 먼 장래에 이 시대를 살았던 아무개가 아미산의 지킴이였다는 얘기를 듣고 싶은 이유다.

_ 2017. 10. 1.

悠悠自適 _{유유자적}

속세를 떠나 아무것에도 매이지 않고 자기가 하고 싶은 대로 하며 마음 편히 삶

婦和夫順

辛巳秋日瞻石慶士

아내의 세월

2018년 무술년은 아내와 결혼한 지 44년이 되는 해다. 스물다섯에 아내를 맞이했을 때 어머니는 마흔넷이셨다. 홀시어머니 모시고 살아온 기간에 어머니 여명을 더하자니 벌써 자기가 늙어 있음에 경악하나 보다.

며느리를 맞이하시면서 부엌일에서 손을 떼셨다. 나의 직장 문제로 어머니와 별거를 한 때도 있었지만 대부분 모시고 살았다. 성장 환경이 달랐던 아내가 어머니를 이해하고 따랐으므로 무탈하게 가정을 이끌어 왔다.

대체로 어머니의 말씀에 순종하는 형이었기에 자녀를 둘만 두겠다고 한 내 주장을 뒤로하고 셋은 둬야 한다는 어머니의 말씀을 따랐던 일은 간간이 회자된다. 당시만 해도 '둘만 낳아 잘 기르자'고 하던 시대였는데 지금에 와서 2남 1녀를 두었다고 말하면 너무 잘한 일이라고들 얘기한다. 고생스러웠지만 다자녀가 좋고 딸이 있다는 게 자랑이다. 하지만 자기는 죽는 날까지도 부엌일을 놓을 수 없다는 사실을 푸념하곤 한다.

아내의 생각에, 어머니는 당신이 살아온 환경의 영향으로 몸 씻기와 옷가지 빨래를 잘 못하신다. 머리를 잘 감지 않으시니 매주 목욕탕에 가는 일을 빠짐없이 한다. 아내는 어머니께서 옷가지를 주물러 빠시는

데 세탁기를 사용하면 편하다고 성화다. 노인일수록 몸에서 냄새가 나니 빨래를 자주 해 입으셔야 한다고 하면 어제 갈아입으셨다고 우기신다. 2주일이 지나도 '어제'라고 습관처럼 우기신다.

치매 약과 혈압 약을 드시는데도 아침, 점심, 저녁 약을 바꿔 드시거나 과량 복용하는 사례가 빈번하니 일일이 챙겨 드리는 일도 아내의 몫이다. 감기가 오면 혹시 폐렴으로 번질지 모른다며 병원에 모시고 가는 일로 아내와 티격태격할 때가 많다.

어쩌다 외식을 하게 되거나 외출 또는 여행을 계획하려면 어머니를 모시는 일이 제일 걱정이다. 노인들은 어디라도 함께 가기를 좋아하시지만 그렇게 하지 못할 경우도 많다. '나는 집에 있을 테니 너희들끼리 다녀오너라.' 하시면 좋겠는데, 우리 내외만 다녀오겠다고 하면 내가 집 지키는 셰퍼드냐고 반문하신다.

노모를 모시는 일은 맏며느리로서 당연하지만 아내의 세월이 문제다. 서울에 사는 아들딸이 내려와 살 생각을 하는 놈은 아무도 없고, 그렇다고 도시로 가 산다는 생각은 아예 없으니 부엌일을 졸업하기는 글렀단다. 아내는 "죽을 때까지 집일에 매몰되어 살다가 이 세상을 하직할 수밖에 없다."며 당연한 명제를 되뇌곤 한다.

'아내에게 다소나마 위로가 될 이벤트가 뭐 있을까?' 생각하고 있었다. TV 〈황금연못〉에서 보니 부인에게 상패를 만들어 주는 프로가 있었다. 아내에게도 상패 하나쯤 만들어 줄 만하다는 생각이 들어 올해 생일날 아이들 앞에서 감사패를 하나 만들어 주었다.

"아내 오선자에게 감사의 마음을 전합니다. 스물다섯 나이에 시집와 홀시어머니를 극진히 모시고 다섯 동생들 뒷바라지도 모자라 외사촌 동생들까지 밥해서 학업을 도왔던 당신! 베풀며 살아온 당신의 공덕으로 아이들 셋이 반듯하게 커 주고 각자 가정을 이루었으니 이만한 행복이 또 어디 있겠소. 어머니께서 천수를 다하시도록 돕고 당신이 건강해서 유유자적悠悠自適하는 삶을 살기 바라오. 나의 여생은 당신의 충직한 조력자로 살겠소. 사랑합니다. 당신의 당신 류종인."

자리를 함께했던 식구들이 '기획은 좋았으나 부상이 없는 게 흠'이라고 하기에 '값을 칠 수 없는 마음'을 부상으로 전한다고 했다. 대소사를 아내와 상의하고 아내의 의견을 우선으로 따라서 마음을 편하게 해 주는 아량을 베풀 일이라고 다짐해 본다.

아내에게 나와 살아온 세월 섭섭했던 일을 물으면 "무슨 일이든 자기 맘대로 해 놓고 자식 건사보다도 형제들 치다꺼리가 우선이었다."고 말한다. 아버지 일찍 여의고 나름 부모 역할까지 하느라고 나도 고달픈 생을 살아온 건 사실이다. 하지만 내 아들딸들에게는 '형제간의 우애'라는 천륜을 가르치지 않았나 하는 생각이 위안으로 남는다. 아내의 세월을 위하여 사는 것이 나를 위하는 일이다. (서예작품: 부화부순夫和婦順을 시대 상황에 맞게 婦和夫順으로 씀)

_ 2018. 아내 생일날

나의 소원

나는 우리나라가 세계에서 가장 아름다운 나라가 되기를 원한다 내가 남의 침략에 가슴 아파했으니 내 나라가 남을 침략하는 것을 원치 아니한다 우리의 강력(强力)은 남의 침략을 막을만하고 우리의 부력(富力)은 우리의 생활을 풍족히 할만하고 오직 한없이 가지고 싶은 것은 높은 문화의 힘이다 문화의 힘은 우리 자신을 행복되게 하고 나아가서 남에게 행복을 주겠기 때문이다

辛亥秋日 金九先生 白凡逸志 나의 소원 중에서 磻石 柳鍾 謹書

나의 소원

"나는 우리나라가 세계에서 가장 아름다운 나라가 되기를 원한다. 가장 부강한 나라가 되기를 원하는 것은 아니다. 내가 남의 침략에 가슴이 아팠으니, 내 나라가 남을 침략하는 것을 원치 아니한다. 우리의 부력富力은 우리의 생활을 풍족히 할 만하고, 우리의 강력強力은 남의 침략을 막을 만하면 족하다. 오직 한없이 가지고 싶은 것은 높은 문화의 힘이다. 문화의 힘은 우리 자신을 행복 되게 하고, 나아가서 남에게 행복을 주겠기 때문이다."

김구 선생이 『백범일지』에 밝힌 '나의 소원' 중 일부이다.

우리의 역사 가운데 1910년 한일합방부터 1948년 정부가 수립될 때까지 민족이 겪어야 했던 비운의 그림자는 필설로 표현하기 어려웠을 것이다. 임시정부를 이끄셨던 김구 선생의 혜안에 감복하지 않을 수 없다. 그 암울했던 시대에 부력과 강력도 중요하지만 문화의 힘이 있어야 행복할 수 있다는 포효咆哮는 독립운동 백 년을 맞는 지금도 심금을 울린다. 낮은 국민소득 수준에다가 독립운동 자금 조성이 시급한 시대 상황에서도 문화를 국민 생활의 보편적 가치로 인식했으니 말이다. 창씨를 개명하게 하고 일본어를 가르치는 등 우리 문화를 말살하는 일제의 만행에 분개해서였을 것이다.

오늘 나에게 소원이 뭐냐고 묻는다면 첫째는, 우리나라가 지속 가능한 국가가 되는 것이다.

요즘같이 한 쌍의 부부가 자식을 0.9명만 낳고 만다면 이천삼백 년대에 이 지구상에서 조선인이 소멸된다니 하는 말이다. 인구 절벽에 젊은이들의 탈농으로 농촌 마을이 비어 가고 있다. 심지어 내 고향 면 단위에서도 칠십 미만은 한 사람도 없는 동리가 해마다 늘고 있고, 면 단위 전체에서 올해 태어난 아기가 한 명에 불과하다고 한다. 동·리가, 읍·면이, 시·군이 소멸한다면 국가가 유지될 수 없는 건 불문가지다. 인구가 없고 국가가 유지될 수 없다면 독립운동도 의미가 없게 된다. 김구 선생님을 비롯해서 잃은 나라를 되찾겠다고 이역만리 허허벌판을 헤매며 피와 땀을 흘렸던 조상 동포에게 한없는 죄를 짓고 있으니 이 현실을 어찌한단 말인가?

둘째는, 남북의 통일이다.

도올 선생의 말대로 우선은 양 체제를 상호 간에 인정하고 자유 왕래를 하면 언젠가는 시민의 힘에 의한 통일이 올 것이라는 주장에 지지를 보낸다. 지구상에 마지막 남은 분단 체제가 통일을 이루어 X자로 구상되는 KTX를 타고 유라시아를 여행할 수 있는 세상이 온다면 여한이 없겠다. 아니, 그 꿈은 아직 멀다면 몇 년 전 금강산이 문을 열고 이산가족의 눈물로 명산을 적시던 민족 간의 상봉 장면을 상시로 볼 수 있다면, 그리고 남북 간에 교역이 활발해져서 교류만 된다 해도 얼마나 좋겠나. 신천지가 열릴 날도 그리 멀지 않다는 희망을 가져 본다.

세 번째는, '건강한 촌옹村翁'으로 사는 일이다.

육체적으로 건강해서 일하다가 죽으면 좋겠고, 정신적으로 건강해서 붓글씨를 써 칠순, 팔순에 전시하고 책을 낼 수 있으면 좋겠다. 있는 것 나누고, 찾아오는 이와 녹차·곡차 마시면서 전원을 즐기면 좋겠다. 손자녀와 편지를 주고받고 이를 책으로 엮어서 남기면 아이들에게 인성교육은 되지 않을까…. 첫째와 둘째 소원은 심각한 문제지만 나 개인으로서는 어쩔 수 없는 일일 것이나, 세 번째는 내 노력 여하에 달린 문제가 아닐까 한다.

김구 선생께는 한없이 면구面炙스러울 따름이지만 황혼을 살고 보니 이제 매사 활동이 조심스럽고, 몸이 안 따라 주니 일도 의욕껏 할 수가 없다. 기억력이 옛날 같지 않으니 뭔가 일을 벌이기가 겁난다. 여럿이 모인 자리에 가면 잠자코 듣기나 해야지 성질대로 나섰다가는 본전을 찾기 어렵지 싶다. 그리고 젊은이들의 의견에 동조하지 않으면 꼰대라 따돌림당하기 십상이다.

지루했던 무더위와 장마와 태풍이 지나고 스산한 조석 공기가 가슴을 시려 오시만 산천의 식물이 겨울을 지나 봄을 준비하듯이 내 할 수 있는 일을 찾아보자. 진합태산塵合泰山이니 작은 힘이나마 보태야지….

　다행히 문화를 통해서 다소나마 사회에 기여하는 방안은 있을 법하다. 주변인에게 글쓰기를 전파하는 일, 붓글씨를 가르치는 일, 다도茶道를 통해서 소통하는 일…. 몸이 아파 병원을 들락거리거나 요양원에 가는 일 없이 이 세상을 버릴 수만 있다면 다행이건만 세상에 공짜는 없는 법, 열심히 궁구하고 베풀 일이다.

_ 2019. 집 나이 고희古稀 해 가을

쓰담 쓰담

不念舊惡 불념구악

지나간 잘못을 염두에 두지 아니함

 내 안의 싱크홀

집 마당 중앙에 직경 1m를 넘는 싱크홀이 생겼다. 원인을 알 수 없는 데다가 손자녀들이 더러 오면 뛰어노는 장소이니 얼른 메꿔야 했다. 주변의 공사장에 가서 흙 좀 얻자고 했더니 흔쾌히 승낙해 줘 날라다 메꾼지 6개월도 지나지 않았는데 고치기 전과 꼭 같은 모양과 크기로 다시 발생했다.

싱크홀sinkhole은 땅이 갑자기 꺼지면서 인명과 물적 피해를 가져오는 땅 꺼짐 현상을 말한다. 석회암이 빗물에 의한 용식 작용을 받아 형성되는 지형으로 석회암 지역에서 흔히 볼 수 있다고 하는데, 내 집의 상황과는 너무 다른 얘기다.

도시 곳곳에서 발생하는 싱크홀은 무분별한 개발로 지하수를 끌어다 쓰면서 지층에 빈 공간이 생기거나 지하철 공사 등으로 지반이 연약해져 무너지는 경우가 있다고 하지만 우리 집은 주변이 농경지 또는 임야이기 때문에 원인을 더욱 알 수가 없었다. 주변의 의심되는 시설은 폐공이 되다시피 한 지하수밖에 없고 한 이십여 년 전 먼저 살다 나간 외사촌 동생이 생강굴을 팠던 자리라는 점밖에는 의심해 볼 이유가 전혀 없다.

면장의 도움을 받아 토목 담당 직원이 다녀갔지만 원인을 알 길이 없었다. 2010년 7월 과테말라에서 도시 한복판에 20층 건물 높이만 한 싱크홀이 발생하여 3층 건물이 흔적도 없이 사라진 사건이 있었던 보도를 기억하고 있어 불안이 가시지 않았다. 물론 우리나라 전문산업기술이 동원된다면야 원인을 알아내기는 일도 아닐 것이라는 생각은 하지만 그럴 수도 없고 잠시 기다려 보자는 생각으로 물병 몇 개를 둘러 세워 위험 표지를 해 놓았다.

사람의 몸속을 엑스레이로 찍어 살피듯이 땅속을 볼 수만 있다면 처방은 간단할 텐데, 무슨 일이 일어나고 있는지 도무지 알 길이 없다. 십여 미터의 잔디밭 마당을 지나면 마주하는 우리 집이 "한순간에 없어지는 건 아니지요?" 하는 딸아이의 걱정을 부질없다는 말로 치부하기엔 무식을 탓할 수밖에 없다. 아니, 내 인생의 과오를 모두 가둔 싱크홀이 내 안에도 있다는 생각으로 오버랩된다.

나이 탓일까. 지나온 일들이 주마등 같으면서 밤잠을 못 자게 괴롭히는 시간이 잦다. 십 대 후반 직장을 잡기 위한 시험에서 첫 번째로 응시했던 지방 행정직 시험에 합격했더라면 농협에 입사하지 않았을 테고 많이도 다른 인생을 살았을 게다. 고故 노무현 대통령께서는 농협 시험에 낙방하고 '마옥당'을 지어 사법고시를 했고, 대통령의 지위에 오르기까지 했듯이….

내 일생을 통해서 농협중앙회 입사는 운명처럼 다가왔다. 미성년의 나이로 찾은 나의 첫 직장은 부선망父先亡 가장으로서 버팀목이 되었고 사십여 년을 지켜 오면서 많은 성취감을 맛보았다. 현직에 있으면서 하고 싶었던 공부를 이어 나갔고, 다섯 동생을 가르치고 분가시켜 내보낸 것도 모자라 두 아들과 딸 하나를 두어 각자 가정을 이루고 밥벌이하게 한 것만도 여간 다행이 아니다.

가정 형편이 어려워 농업학교를 갔고, 농협에 들어가 농업·농촌을 위해 청춘을 보냈다는 자부감은 있지만 입사 시험 때 밝혔던 포부에는 미완의 숙제라서 퇴임 후 귀촌을 선택했다. 고향 마을의 촌노들과 몸을 부대끼며 농사일로, 마을 일로 분주하지만 빛이 날 리 없다.

서울 사는 친구들은 일하지 말라며 성화지만, 농촌에 살면서 일하지 않고 빈둥대면 따돌림 당하기 십상이다. 기계화 없이, 전문성 없이 농사를 지어 보지만 시행착오가 너무 많다. 그러나 땅 밟고 흙냄새 맡으며, 계절 따라 자연을 벗하며 사는 보람을 노년의 또 다른 소득으로 생각하니 아무래도 흑자 인생은 될 성싶다.

뒷동산을 넘는 석양이 집 처마에 걸칠 때 지나온 발자국을 회억하게 만든다. 동료 직원들과 자주 어울리지 못했던 걸 아쉽게 생각한다. 시간적·경제적으로 어려웠던 형편을 핑계로 삼았지만 핑계라고 하기보다는 풋풋한 삶의 고뇌였음을 고백하지 않을 수 없다. 직무를 통해서 만났던 많은 사람들의 기대에 미치지 못했던 일들이 너무 많았음을 자책해 본다.

인사는 잘해야 50%라는 말이 있다. 얄팍한 인사권을 행사할 때마다 곤혹스런 면이 없지 않았는데, 지나고 보니 나에 대한 서운한 감정들은 여지없이 인사권에서 비롯한 것들이었다. 여직원들의 고뇌에 대해서 깊은 성찰이 부족했다. 일과 가정을 넘나드는 여직원들의 애환을 내 딸이 직장에 나가고부터 알아차렸으니 때는 이미 늦은 후였다.

임대아파트에 근무할 때 입주민들의 갑질을 전문인의 소신으로 맞섰던 건 아무래도 미숙한 탓이었을까. 지방문화원을 책임지고 있었을 때 회비를 미납한 임원에 대하여 정관의 규정을 들이대 제명시킨 일은 두고두고 기억을 떠나지 않는다.

내 인생 시계는 고장도 없건만 내 의식의 뒤뜰은 마냥 허허로운 기운이 감도는 요즘이다. 더욱 보듬지 못했고 섭섭하게 했던 일들을 시적거림 없이 찾아내고, 찾아가 용서를 빌면 받아 줄까. 아니, 찾아오는 것 자체를 부담으로 알면 어쩌나…. 내 마음 밭에 버티고 있는 어두운 흔적, 삶이 남긴 찌꺼기, 버리지 못해 미련으로 얼룩진 자국마저 차라리 내 안의 싱크홀에 가두자. 싱크홀은 지나간 흔적을 되돌릴 수 없다.

죽은 듯, 없는 듯 사는 게 용서를 비는 일이 아닐까. 올해 여름은 또 얼마나 더울까. 차라리 '덕족이회원德足以懷遠'[1] 문구를 손부채에 써서 보낼 준비나 해야겠다. 작은 일이지만 용서를 담는다 생각하니 마음이 차분해짐을 느낀다.

---

1   덕족이회원: 덕량이 두터우면 먼 데까지 품는다.

2부

지혜
Wisdom of life

學道即吾著　道緣到處遊
暫喜青鶴洞　來玩白鷗洲
身世雲千里　乾坤海一頭
草堂聊寄宿　梅月是風流

丁酉清明 栗谷先生詩一首 眉石桼鍾書

學道卽無着 학도즉무착

도를 배운다는 것은 집착이 없다는 것

隨緣到處遊 수연도처유

인연이 되는 대로 여기저기 노닐련다

暫辭靑鶴洞 잠사청학동

푸른 학이 사는 골짜기를 선뜻 떠나

來玩白鷗洲 내완백구주

흰 갈매기 나는 물가에 와 구경한다

身世雲千里 신세운천리

천리를 떠도는 구름 같은 신세로

乾坤海一頭 건곤해일두

바다 한 귀퉁이 하늘과 땅에 서 있다

草堂聊[1]寄宿 초당료기숙

초당에 몸을 맡겨 묵고자 하니

梅月是風流 매월시풍류

매화에 비친 달, 이것이 풍류로구나

    율곡栗谷 선생이 스무 살 때 삶에 회의를 느껴 머리를 깎고 금강산에 들어갔다가 산을 내려왔다. 동해안을 따라 내려오다가 풍암 이광문초당에 들어 하룻밤을 묵었다. 그는 자문자답한다. 왜 어디로 떠나야 하는가. 도道를 배우는 것은 집착이 없는 것, 한곳에 머물지 않는 것이기 때문이다.

    어디로 가야 할지 정해져 있지도 않다. 굳이 말해야 한다면 인연이 있다는 것뿐이다. 오늘 잠시 동해안 바닷가 이 초당에 묵고 있다. 매인 데 없는 구름처럼 내일이면 다시 어딘가로 떠난다. 너는 누구냐고 묻는다면 매화나무 가지에 비친 달이라고 말하고 싶다. 청년의 방황과 패기가 행간에 스며 있다(출전: 이이李珥, 1536~1584).

    한 시대를 풍미했던 인걸은 도道를 찾아 한곳에 머물지 않고 떠돌았던 모양이다. 이이, 우계와 학문을 교유했던 구봉 송익필도 우리 당진 지

---

1   聊: 귀울료

역으로 난을 피해 와서 많은 제자를 배출했지만 머문 기간은 4년에 불과하다. 고운 최치원은 어디서 죽었는지 아직도 몰라 각 지역에서 그 연고를 찾느라 부산하다. 우암 송시열도 전국 어디를 가나 시구를 바위에 새겨 놓은 걸 보면 그런 생각이 든다.

공자는 아침에 도덕 정치가 이루어진다는 소리를 들으면 저녁에 죽어도 여한이 없겠다고 했다(조문도석사가의朝聞道夕死可矣). 초로에 지는 낙엽을 보노라니 동가식서가숙東家食西家宿하더라도 도를 찾아 떠돌았던 선비와 같은 삶을 살아야 하지 않을까….

필부匹夫로서 가당찮은 비유지만 조선 팔도를 2, 3개월씩 계절 따라 머물러 살아 보면 좋겠다고 했던 젊어서의 약속을 실천에 옮겨 보자. 전국에 산재한 사찰의 템플스테이도 좋고, 요즘 유행하는 캠핑도 좋다. 수필·서예작가의 집을 찾아 숙초당宿草堂하는 것도 좋겠다.

'전국을 주유周遊하면서 그 지역의 풍광을 즐기고 명승고적을 찾아 호연지기를 기를 수 있다면….' 이는 어느 누구라도 가지는 로망일 게다. 하지만 집 떠나면 개고생이라는 시쳇말과 같이 그것이 낭만일 수만은 없을 터. 동행자와 취미가 일치해야 하고 이제 장거리 운전도 부담스런 나이가 되고 보니 실행에 옮기기가 녹록한 건 아니다. 행인에게 방을 내주고 숙식을 제공했던 것도 옛날 얘기지 오늘날 남의 집 방문은 쉽지 않다.

이를 대신하여 요즘 여행은 캠핑이 대세이고 편리하게 꾸며진 캠핑카도 다양하니 욕심내 볼 일이다. 내 사는 농촌 마을에도 한 사과 농가가 캠핑장을 개설했는데 주말에는 예약이 밀려 들어올 수 없다고 한다. 전국에 널려 있는 캠핑장을 잘 활용한다면 초당에 묵는 기분을 현대적 방법으로 느낄 수 있지 않을까. 매력이 넘치는 상상만으로도 행복하다.

事親以孝 사친이효

효로써 부모님을 섬김

凡為人子之禮
冬溫而夏清昏
定而晨省在醜
夷不爭

辛丑秋分節 禮記·曲禮中 眉石散人

凡爲人子之禮　　범위인자지례
冬溫而夏凊　　　동온이하청
昏定而晨省　　　혼정이신성
在醜夷不爭　　　재추이부쟁

'무릇 사람의 자식으로서의 예는 겨울에는 따뜻하게 해 드리고, 여름에는 서늘하게 해 드리며, 저녁에는 잠자리를 정돈해 드리고 새벽에는 문안 인사를 드리며 동배끼리 다투지 않는다.'라고 『예기禮記』「곡례曲禮」편에서 이르고 있다.

2018년 마지막 달 첫날 새벽 네 시 반이었다. 매주 토요일 30분 거리의 온천을 다녔으므로 평소와 같이 어머니 방문을 열고 "어머니 목욕 가셔야지요." 해도 기척이 없다. 숨은 거칠게 쉬시지만 몸은 움직임이 없다. 다가가 깨워 보지만 기척을 안 하신다. 119를 불러 아내를 타게 하고 나는 차를 몰아 당진종합병원으로 향했다.

평상시나 다름없이 전날 주간보호센터에 다녀오신 어머니는 밖에 걸어 놓은 솥에 개죽을 쑤느라고 불을 때셨던 모양이다. 내 딴에는 오시면 따뜻하게 주무시라고 온돌방에도 불을 지펴 놓은 게 원인이었는지 알 수 없는 일로 불안이 엄습해 왔다. 당직 의사는 전후 사정을 설명 듣고 MRI 판독 결과로 일산화탄소 중독이라며 고속산소처리기가 있는 인하대학교 응급센터로 가라는 지시를 내렸다.

시간을 다투는 문제라서 좌고우면左顧右眄 할 것 없이 한 시간 만에 인천에 도착했다. 천우신조였는지 다음 날 의식을 찾으셨다. 비몽사몽이었을 테고 치매기가 있었던지라 어제저녁에 무엇을 드셨느냐는 의사의 질문에 어머니는 농약을 먹었다고 했으니 의사에게도 비상이 아닐 수 없었다.

뒤따라 올라오는 여동생에게 어머니 방을 조사하게 했는데 사리돈 세 알을 드신 흔적을 발견할 수 있었다. 어제 모시고 온 주간보호센터 기사에게 확인한 결과, 귀가할 때 허리가 아프다며 사리돈 두 갑을 사 달래서 가지고 내리셨다고 하는데 이를 농약이라고 답하신 거였다.

결국은 일산화탄소와 약물 중독으로 의식이 없었던 것이고 2주간의 치료로 의식을 회복한 후 퇴원하여 집에서 가료 중이시다. 그날따라 기압이 낮아 아궁이에서 불완전 연소된 연기가 굴뚝으로 빨려 나가지 않고 어머니에게 달려들었지 싶은데 설상가상 쑤시는 허리에게 사리돈 한 알이면 될 일을 세 알이나 과식을 시키셨던 모양이었다.

아내도 건강치 못해 여동생인 딸이 며칠이라도 모셔 보고 싶다고 하지만 어머니의 안색은 전혀 아니다. 내 집을 떠나시면 불안하신가 보다. 당진 시내에 있는 회복기 병원으로 모시면 좋겠지만 어머니께는 내 집만 못하리라. 평일 하루 세 시간 도움을 주는 요양보호사 파견을 받고 집의 구조를 개선했다. 문지방을 없애고, 여기저기 환자 동선에 손잡이를 설치하고, 욕실에 미끄럼 방지 매트를 깔고, 보행기를 들이고…. 이렇게 복지 시설을 갖추는 사이 십육 일이 지났다.

2018년 12월 18일 강릉의 민박집에서 투숙 중이던 고등학생 10명 중 3명이 사망하고 7명이 고압산소치료기가 갖춰진 병원으로 이송 중이라는 뉴스를 접했다. 일반적으로 혈중 일산화탄소 농도는 40% 이상을 치사량으로 본다고 하는데, 이 학생들의 경우 최고 63% 수준으로 검출됐다고 한다. 일산화탄소는 전신에 산소를 공급하는 헤모글로빈과의 결합력이 산소보다 200배나 큰데 일산화탄소와 헤모글로빈이 결합한 COHb의 혈중 농도가 높아질수록 저산소증이 심해져 사망에 이르게 된다고 한다.

따라서 고압산소치료는 환자가 두 시간 동안 특수캡슐에 들어가 100% 농도의 산소를 마시도록 해 혈액 속 헤모글로빈에 붙어 있는 일산화탄소(CO)를 분리시키는 방식이라고 하는데, 이 같은 과정을 우리 어머니가 겪으신 것이다. 가스중독 치료는 시간이 생명인데 고압산소실이 전국에 26곳밖에 없는 것은 연탄을 주 연료로 쓰던 시대에서 주유종탄主油從炭의 흐름을 따라 병원 측이 폐쇄해 왔기 때문이란다.

강릉 사고가 민박집의 보일러 배기구 이음새 부실로 가스가 방으로 흘러들어 일어난 참사라니 어처구니없는 일이다. 어머니가 굴 내는 아궁이에서 아무 위기의식 없이 가스를 마시고 잠자리에 든 것도 어처구니없는 일. 우리 인간은 무의식중에 안전은 늘 뒷전이다. 혼정신성昏定晨省을 제대로 했더라면 어머니가 사지를 헤매는 일은 없었을 텐데⋯. 불효를 씻을 길이 없다.

_ 2018. 12. 19.

清貧樂道 청빈락도

청렴결백하고 가난하게 사는 것을 옳은 것으로 여기고 즐긴다

清貧正直

辛丑秋日省石學人

청빈정직 淸貧正直

청빈은 단순하게 게으르거나 무능해서 가난하게 된 것과는 달리 청렴이 가난의 원인이 될 때만 그 가난을 청빈이라 한다(두산백과). '성정性情이 청렴하여 살림이 구차함' 또는 '성품이 깨끗하고 재물에 대한 욕심이 없어 가난함(교회용어사전)' 등으로 표현되고, 정직은 거짓이나 꾸밈이 없이 마음이 바르고 곧음을 말한다.

중국 고사에 나오는 소부巢父와 허유許由는 부귀영화를 보장하는 벼슬을 거절하고 가난하게 산 청빈의 표본이다. 조선 시대의 황희黃喜 정승은 공직에 있으면서도 관복官服을 장만할 수 없을 만큼 가난했다고 한다. 거처가 남루하여 비가 오면 방 안에서도 우산을 쓰고 있었다는 초등학교 교과서 내용이 잊히지 않을 만큼 청빈의 전형으로 전해 오고 있다.

내 고장 시청의 각 부서 사무실에 황희와 정약용을 공직자 상像으로 게시하고 있는 것은 공무원들에게 청빈과 실학實學 이념을 동시에 갖추라는 단체장의 주문일 게다. 청빈이라는 표현이 『후한서後漢書』에도 나오는 것으로 보아 옛날에도 청렴한 공직자는 대개 가난했던 것 같으며, 오늘날에도 대부분의 사회에서 청렴한 공직자와 정직한 서민들은 가난하게 된다. 정직한 사람이 가난하게 되는 정도는 그 사회의 도덕적 수준에 반비례하며, 청빈의 정도와 청빈에 대한 사회적 존경은 그 사회의 부조리에 비례한다고 해도 과언이 아니다.

요즘 고위공직자 국회 청문 과정을 보면서 문재인 정부의 인재풀이 문제라는 생각과 함께 청빈한 사람, 정직한 사람은 찾아보기 힘들다는 생각이다. 추천받은 인물마다 한결같은 고액자산가, 부정 전출입자, 부동산 투기자, 논문 표절자, 이중 국적자 등 서민에게는 익숙지 않은 낱말로 점철되니 우리나라가 명실상부한 선진국이 되기에는 아직도 멀었다는 생각이 든다.

우리 지역이 낳은 법조이며 대한변호사협회장을 지내신 신영무 변호사는 '세종'이라는 대형 로펌을 만들어 대표로 활동하다가 평생 예우 제안도 뿌리치고 후배들에게 넘겨주신 분이다. 정치권의 국회의원 입후보 요청도 본인 딸의 이중 국적을 자인하여 스스로 거절하였다고 한다.

지금은 자그마한 법률사무소를 운영하면서 수임료를 사회운동에 기부하고 있는데 그 단체가 '바른사회운동연합'이다. '노력한 만큼 잘사는 사회', '반칙이 통하지 않는 사회' 실현이 설립 목표다. 교육 개혁과 법치주의 확립에 관한 세미나, 포럼 등 전국적인 행사를 정부 지원 없이 치러 내고 있다.

그의 고향인 당진에 전국 1호 지회를 창립하여 뜻있는 분들이 힘을 모으고 있는 가운데 나도 공동회장을 거쳐 운영위원으로 참여하고 있다. 현재는 강태욱 지회장이 정직군단正直軍團을 만들어 열성적으로 운영하고 있다.

첨단 과학과 첨단 기술의 발전이 전통적 사회의 틀을 온통 뒤집어 놓고 있다. 이런 와중에 반칙이 판을 치고 황금을 제일로 치는 인류 문명의 검은 그림자를 거두어 내기 위해서는 청렴과 정직이 지배하는 인간 운동이 절실하지 싶다. 급격히 쓰러져 가는 인간 사회를 회복하려는 정의로운 효시의 불길, 작지만 큰 걸음에 자부를 느낀다.

자본주의 국가에서 재산을 축적하는 일은 누구라도 탓하지 못한다. 정의롭고 자유로운 경쟁으로 하는 활동은 사회 발전을 위해서도 필요하다. 더구나 기업을 일궈 많은 사람에게 일터를 제공하는 기업인이야말로 크게 애국하는 사람인 것이다. 하지만, 정의롭지 못하고 각종 불법 탈법으로 재산을 축적하는 사람을 대체로 경멸하게 된다. 그래서 돈은 벌기도 어렵지만 잘 쓰기는 더욱 어렵다고 표현한다.

내 돈이 아니면 돌처럼 보고, 땀 흘려 벌어서 쓸 데 아낌없이 쓰다가 이 세상을 하직할 무렵 사회에 기부하고 떠나는 사람이 되어 보자. 청빈해서 주변이 거추장스러울 것이 없고, 정직해서 마음을 허튼 데 쓸 일 없다면 하루하루가 즐겁고 많은 사람들의 기억 속에 오래 남아 있겠지….

주변에서 극명한 두 가지 사례를 보게 된다. 하나는 부부가 평생 김밥집을 운영하면서 근검절약으로 절제된 생활 속에 모은 거액을 대학에 기부하는 것으로 생을 정리하는 경우이고, 하나는 배운 것 없이 기업을 일구어 큰 재력가가 되었지만 사회적 기부는 아랑곳없이 상속세가 너무 많다고 불평을 쏟아 내는 사람이다. 전자의 사람이 청빈정직의 사표師表가 아닐까.

쓰담 쓰담

多言數窮 다언삭궁

말을 많이 하면 자주 궁색해진다

一言不中千語無用

廣開土太王碑筆意

乙亥立秋節眉石柳鍾寅

일언부중 천어무용 一言不中 千語無用

'한마디 말이 이치에 맞지 않으면 천 마디 말이 쓸모가 없다.' 『명심보감
明心寶鑑』에서 이르는 말이다. 의사意思를 표현하는 수단으로 말만큼 중요
한 게 없다. 세 치 혀의 작용으로 내보내는 말은 상대에게 나를 인식시
키는 데 시간과 장소를 가리지 않는다.

품격 있는 말 한마디로 화자話者의 인격은 올라가고, 거친 말, 불쾌한
말 한마디로 듣는 이의 마음을 언짢게 하니 말의 위력은 아무리 강조해
도 지나침이 없다. 말로써 세상을 바꾼 인물들이 회자膾炙되는 건 동서
고금을 떠나 크나큰 울림이 아닐 수 없다. 거란의 침략을 막은 서희의
담판, 거북선이 새겨진 화폐를 이용하여 우리나라를 조선 강국으로 각
인시키고 외자 유치에 성공한 고故 정주영 현대 회장, '국민의, 국민에
의한, 국민을 위한' 정치로 유명한 미국의 링컨 대통령 등으로부터 화술
의 중요함을 새롭게 느낀다.

요즘 일본과의 갈등이 정점을 향해 가고 있다. 외교적 노력이 우선이
지만 맞대응도 강구하겠다는 정부의 방침을 살피건대 말을 통해서 해결
하는 노력을 피력하고 있다.

우리 인간의 신체 구조를 보자. 몸의 가운데 인중人中을 중심으로 인중 위에 있는 기관들은 구멍이 모두 두 개씩이다. 코가 그렇고, 눈이 그렇고, 귀가 그렇다. 인중의 아래에 있는 기관들은 구멍이 모두 하나씩이다. 두 개씩인 기관들은 많이 냄새 맡고, 많이 보고, 많이 들으라는 것이고 하나씩인 기관들은 그 사용을 지극히 조심해야 한다는 조물주의 계시啓示가 아니겠나….

'성인 성聖'자도 그렇다. 군주는 국민의 소리를 충분히 듣고 말을 해야 한대서 지어진 형성자다. 군주뿐이겠나. 기관 단체장, 기업의 대표, 각급 지도자에게 요구되는 덕목으로 잘 듣고 난 후 이치에 맞는 말을 해야 그 구성원들이 신뢰하고 따를 것은 자명한 일이다.

십여 년 전 육십여 점의 서예 작품을 모아 첫 전시회를 열었었는데 그들 작품 중에 「다언삭궁多言數窮」[1]은 변호사 일을 하는 막내아들이 가져갔다. "변호사는 말이 많아야 하는 직업인데…."라고 반문하자 "꼭 필요한 말만 해야지요." 하던 대답이 잊히질 않는다.

쓸데없는 말을 많이 하는 사람보다는 꼭 필요할 때 필요한 말만을 하는 사람이 신뢰가 간다. 이치를 생각하더라도 말이 적을수록 에너지 소비가 덜 되고 상대방을 언짢게 할 확률이 적어질 것은 불문가지不問可知다. 어떤 자리든 내 얘기보다는 남 얘기, 솔직히 말하자면 그것도 남의

---

1 말을 많이 하면 자주 궁색해진다

쓰담 쓰담

장점을 얘기하기보다는 헐뜯는 얘기가 대부분을 차지하는 경우가 다반사茶飯事임은 인지상정人之常情이지 싶다.

젊어서의 술좌석을 회상한다. 동석한 사람 대부분은 잔이 몇 순배 돌고 나면 말이 많아져서 구설수에 오르기도 했다. 그럴 때마다 이구동성으로 술좌석에서는 술 얘기와 여자 얘기 외에는 하지 말자고도 했다. 그런데 지금 시대는 여자 얘기를 잘못했다가는 미투 또는 성차별 문제로 번질 수 있으니 극도로 조심해야 한다. 함께 술자리를 하더라도 초지일관 자세를 바르게 하고, 말 한마디 허투루 하지 않는 친구가 있었으니 K를 '무골호인無骨好人'이라고 불렀었다.

그런가 하면 L친구는 몇 안 되는 시골 동네 동창회에 나오지 않다가 친구들의 성화에 못 이겨 어쩌다 나오면 '회의 운영이 어떻네', '무엇이 잘못되었네'를 타박하면서 화합을 해치기 일쑤다. 그 친구 생각에 자기 이상 없다며 주장하는 말들이 중심이 없음은 당연하다. 설혹 내 주장이 맞다고 하더라도 그의 처지에서 자기의 주장만 우길 일은 아니다. 말에 중심이 있으려면 말 많음부터 자제해야 할 일이다.

역사는 끊임없이 변하지만, 성현聖賢의 가르침은 고금古今을 통해서 변치 않는 교훈으로 인도한다. 한마디 말이라도 이치에 맞아야 하거늘 항상 입을 조심하면서 살 일이다. 더구나 나이를 먹어 갈수록 많은 말은 금물이다. 상대의 말을 묵묵히 듣고 있다가 이치에 맞게 천금千金 같은 한마디로 일갈一喝하는 사람, 쉽지 않지만 그렇게 해 보자.

지혜

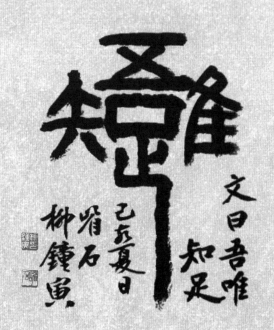

文曰吾唯知足

己亥夏日

眉石 柳鍾寅

오유지족 吾唯知足

오유지족吾唯知足이란, '나는 오로지 만족할 줄 안다.'는 한자어다. 가진 것이 없어도, 지위가 높지 않아도 항상 넉넉한 마음과 한없이 넓은 도량을 갖춘 이를 주변에서 보게 된다. 가진 것이 넉넉지 않은데도 어느 장소엘 가나 돈지갑을 제일 먼저 여는 사람은 왠지 덕이 있어 보인다. 오유지족하는 사람만이 그렇게 할 수 있다.

옛날에 한 심부름꾼이 상인과 길을 걷고 있었다. 점심때가 되어 그들은 강가에 앉아 밥을 먹으려 하는데, 느닷없이 까마귀 떼가 시끄럽게 울어 대기 시작했다. 상인은 까마귀 소리가 흉조라며 몹시 언짢아하는데 심부름꾼은 도리어 씩 웃는 것이었다. 우여곡절 끝에 목적지에 도착한 상인은 심부름꾼에게 삯을 주며 물었다.

"아까 까마귀들이 울어 댈 때 웃은 이유가 무엇인가?"

"까마귀들이 저를 유혹하며 말하기를, 저 상인의 짐 속에 값진 보물이 많으니 그를 죽이고 보물을 가지면 자기들은 시체를 먹겠다고 했습니다."

"아니, 그럴 수가? 그런데 자네는 어떤 이유로 까마귀들의 말을 듣지 않았는가?"

"나는 전생에 탐욕심을 버리지 못해 그 과보로 현생에 가난한 심부름 꾼으로 살아가고 있습니다. 그런데 이제 또 탐욕심으로 강도질을 한다면 그 과보를 어찌 감당한단 말입니까? 차라리 가난하게 살지언정 무도한 부귀를 누릴 수는 없습니다."

심부름꾼은 조용히 웃으며 길을 떠났다. 그는 오유지족의 참다운 의미를 알고 있었던 것이다. 오유지족이란 남과 비교하지 않고 오직 자신에 대해 만족하라는 가르침이 담긴 말이다.

1519년 서른네 살 김정국金正國(1485~1541)은 기묘사화로 선비들이 죽어 나갈 때 동부승지의 자리에서 쫓겨나 시골집으로 낙향해 고향에 정자를 짓고 스스로 팔여거사八餘居士라 불렀다. 팔여란 여덟 가지가 넉넉하다는 뜻인데 녹봉도 끊긴 그가 팔여라고 한 뜻을 몰라 친한 친구가 새 호의 뜻을 묻자 은퇴한 젊은 정객은 웃으며 말했다.

"토란국과 보리밥을 넉넉하게 먹고, 따뜻하게 온돌에서 잠을 넉넉하게 자고, 맑은 샘물을 넉넉하게 마시고, 서가에 가득한 책을 넉넉하게 보고, 봄꽃과 가을 달빛을 넉넉하게 감상하고, 새와 솔바람 소리를 넉넉하게 듣고, 눈 속에 핀 매화와 서리 맞은 국화 향기를 넉넉하게 맡는다네. 한 가지 더 이 일곱 가지를 넉넉하게 즐길 수 있기에 '팔여'라 했네."

나의 전 직장은 돈을 취급한대서 월급이 대체로 많았다. 이십도 안 된 나이에 처음 입사했을 때 월급이 당시 군수보다도 더 높았다. 그런데도 동료들은 너나없이 박봉이라고 아우성이었고 6, 70년대는 정부주도의 경제 개발이 이루어지던 시절이기에 행정공무원들의 급여가 상대적으로 낮을 수밖에 없었다.

그때 나보다 1년 앞서 입사했던 ㄹ선배는 나와 얘기 끝에 직장에서 월급을 너무 많이 받는다며 흡족해하고 있었다. 물론 절대 금액은 만족하지 못했을지라도 상대적으로 많다고 표현하는 그 선배의 일갈一喝이 평생 교훈이 되어 월급 타령은 한 적이 없다.

수분지족守分知足, 안분지족安分知足과 함께 오유지족하는 삶은 정신을 맑게 하고 도량을 넓게 하니 장수에 절대 필요하지 싶다. 재산은 가지면 가질수록 더 가지고 싶고, 지위는 높은 곳만을 쳐다보는 게 인지상정이지만 재산은 많으면 걱정이 더불어 생기고, 지위가 높아지면 더 생각이 깊어져야 하는 것은 불변의 진리다. 소박할수록, 지위가 낮을수록 신경 쓸 일이 적어지는 이치를 깨닫는 삶이 행복의 원천이다.

그렇다고 조직 사회, 경쟁 사회에서 아무 욕심도 없고 욕망을 잠재운다면 이 또한 발전이 없을 것이니 선의의 경쟁과 진취적인 태도를 취함은 불가피한 일이다. 다만 상대방에 대한 배려와 격려는 클수록 좋고, 이는 내 인품의 고양高揚으로 되돌아온다는 사실을 한시도 잊지 말아야 한다.

근래 정부 요직에 대한 임용 후보자의 인사청문회가 한창이다. 한결같이 대두되는 문제가 부정 축재, 이중 국적, 위장 전입, 논문 표절 등으로 시끄럽다. 가뭄에 콩 나듯 순 자산이 거의 없는 후보를 볼라치면 이 시대 박물관에나 보낼 인물로 세간에 화제가 되곤 한다. 인품은 고매한데 가진 것이 너무 없다는 후보는 왜 보기 드문 것일까. 오유지족을 모르는 사람에게 높은 의자 앉혀 봐야 국고를 사유화하는 일밖에 더할까.

재임까지 가능한 문화원장 임기를 4년 단임으로 마칠까 한다. 나 아니면 안 된다는 생각은 이미 버렸다. 보수가 주어지지 않는 순수 명예직으로 4년 임기면 족하다. 더 의욕적으로 나서서 일할 사람에게 자리를 물려주고 박수 받으며 물러날 생각이다.

여유의 시간을 만들고 책 읽으며, 글씨 쓰며, 명승지를 유유자적悠悠自適하기에 남은 인생은 너무 짧지 싶다. 오유지족하면서 세속의 성직자로, 선비로 살고 싶다. 아니, 위 예화의 심부름꾼과 같이 살련다. 천도백련千陶百鍊의 각오가 있어야 하겠지만….

_ 2017. 11. 08.

事必歸正 사필귀정

모든 일은 반드시 바른길로 돌아가기 마련이다

無㝵礙

辛丑秋
省石

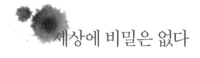

세상에 비밀은 없다

 전 직장에서 모셨던 ○○부장님이 서울로 떠나신 뒤로 삼십 년 만의 해후였다. 서울에 올 기회가 있거든 꼭 연락 달라시며 밥을 사겠다고 하신 지도 몇 년이 흘렀다. 오랜만에 한국서도협회 총회에서 초대작가 증서를 수여할 테니 올라오라는 전갈을 받고 선배님께 전화를 드렸다.

 특유의 반가운 기색을 하시면서 전철 논현역 근처에서 만나자고 하셨는데, 살고 계신 분당에서 오시기에 편리하고 내가 버스로 이동하는 점을 배려하신 장소였다. 역사를 끼고 돌아 중국집에 들어서자 주인장이 선배님을 맞이하는 모습에서 진객임을 단숨에 알 수 있었다. 나는 카드부터 카운터에 맡겨서 식대를 부담할 요량이었다. 이를 눈치채신 선배님은 그럴 수는 없고 당신이 시골에 가거든 쓰라시면서 맡겨 둔 카드를 돌려받게 하셨다.

 전 직장에서 군 단위 최고 책임자로 모셨는데 당신은 퇴직하면 시골로 가서 나무 전지나 하면서 살겠다는 포부를 자주 내보이셨고 실제로 그렇게 하셨다. 하지만 어느 퇴직자의 가정과 같이 가족이 함께 이주하지 않고 단신으로 내려가 농장을 일구셨으니 빨래며, 취사며 살림 꼴이 되지 않더라는 말씀이셨다. 자녀들도 훌륭히 키우셔서 분가를 했고 삼성 본사 뒤에 마련해 둔 오피스텔이 생활비를 해결해 준다고 하셨다. 어머니께 드리라고 하시며 빵까지 사 오시는 자상함도 예나 다름이 없으셨다.

삼십여 년 전 당시 농협에 경영상 위기가 닥치자 시군 단위 사무소가 수익 사업을 독자적으로 수행하도록 했었다. 회원농협과 손잡고 연탄 공급 사업을 했다. 어렵기는 했어도 사업의 위험성이 적어 나름의 수익을 올릴 수 있었고 전국의 모범 사례로 뽑히기도 했었다. 당시 상여금을 지급하지 못하는 회원농협을 위하여 군지부와 다른 회원농협 직원들로부터 성금을 받아 지원했던 일들이 주마등 같다.

모시고 있었던 2년여 기간에 귀가 따갑도록 들었던 선배님의 철학은 '세상에 비밀은 없다'는 말씀이셨다. 경영을 투명하게 해야 한다고 늘 강조하셨고, 어쩌다 후원금을 받으시면 직원들 야식비로 내 놓으셨다. 모든 결정은 공개리에 토의를 통해서 정하시니 조직 내에서는 일사분란하게 선배님의 지시를 따르는 분위기가 자연스럽게 확립되었다.

요즈음 문재인 정부가 출범하면서 적폐 청산 작업이 한창이다. 기실 그 적폐라는 것이 모두가 비밀리에 이루어진 일들이다. 만약 공개적으로 이루어진 일이었다면 적폐로 지목되지도 않았을 것이고 사단事端이 되지도 않았을 것들이다.

박근혜 정부에서 저지른 최순실의 국정 농단 사건, 연예계 블랙리스트, 세월호 사건 7시간 행적과 조사 방해 의혹, 이명박 정권하에서의 도곡동 땅 차명 의혹, 다스의 실소유주 의혹, BBK 주가 조작 논란, 댓글을 동원한 부정선거, 국정원 특활비 유용 사건 등 현란한 사태들은 '세상에 비밀은 있다'고 믿은 철학 없는 자들이 국정을 원칙 없이 운영해 온 결과임이 자명하다.

역사를 바꿔 놓은 광주민주화운동 때 헬리콥터에서 시민을 향해 발포한 책임자를 밝히는 수사도 진행되고 있다. 일본과의 위안부 문제 합의, 아랍과의 원전 건설 이면 계약, 과거 정부의 대북 송금 사건, 공공기관의 채용 비리 수사 등 헤아리기조차 힘든 하고많은 사건들이 '비밀은 있다'고 믿은 데서 기생한 독버섯들이다. 요즘 여검사의 폭로로 시작된 성폭력 문제가 미투 운동을 타고 사회 문제로 부각되고 있다. 얼마나 많은 피해자가 남모를 눈물을 흘리고 있었는지 가늠하기 어려운 세상이다.

삼십 년 만에 우리나라가 유치한 평창올림픽이 평화올림픽으로 치러졌다. 그동안 북한 선수단, 응원단, 고위급인사의 방문 등에 우리가 부담한 비용 내역을 공개하는 보도를 접했다. 문재인 정부는 흑막의 정치, 암흑의 정치를 투명한 정치로 바꿔 다음 정부는 이 정부를 적폐 청산의 대상으로 삼는 일이 없기를 바란다. 정부기구와 정치권, 공공기관 등이 투명하게 운영되기 위해서는 그 구성원들이 '세상에 비밀은 없다'는 철학으로 무장해야 할 일이다 내가 자동차를 흰색으로 바꾸고 옷도 가급적 흰색으로 입으려는 생각은 음산한 마음을 벗어던지고 모든 것이 투명해야겠다는 의지의 표현이다. 집의 댓돌에 새긴 무애无碍(거침이 없음, 서예작품 글씨는 한문 원자)도 마음이 떳떳해야 가능한 일….

　국사든 개인사든 '세상에 비밀은 없다'는 철학으로 살고 일해야 한다. 오늘따라 ○○선배님의 가르침이 큰 울림으로 다가온다.

_ 2018. 02. 22.

應無所住而生其心 응무소주이생기심

마땅히 머무는 바 없이 그 마음을 내어라

随霧作主
立霧皆真

辛丑秋日肖石散人

수처작주隨處作主

'隨處作主수처작주 立處皆眞입처개진', 머무르는 곳마다 주인이 돼라. 지금 있는 그곳이 진리의 자리다. 중국 당나라 때 선승 임제선사의 어록에 나오는 구절이다.

내가 초등학교를 졸업한 오십 년대 말만 해도 모교의 한 학년이 육십 명씩 삼 개 반이나 됐었다. 최근 한 해 입학생이 이십 명 내외에 불과한 것과 비교하면 격세지감을 느낀다.

남녀가 모이는 초등 동창회를 마뜩찮게 생각하는 아내의 만류를 뿌리치고 합류하기로 한 서산휴게소로 떠났다. 서울, 인천, 수원, 세종 등지에 흩어져 사는 친구들이 삼삼오오 속속 모여들어 재회의 기쁨을 나눴다.

몇 년 전 모교 총동문회장을 역임할 당시 동기동창회가 별도로 운영되지 않았다. 지역별로 친목회가 조직되어 있었고 재촌在村친목회장이 기期동창회장을 맡기로 했었기에 시골에 살아온 내가 총동문회장을 맡게 되었었다. 정기총회를 모교 운동장에서 가지게 되면 예산이 수천만 원이 소요되고 이는 총동문회장과 기별 동창회에 할당해서 충당하게 되는데, 우리 기期 주관 행사도 예년과 다름없이 분담해서 손색없이 잘 치렀다.

　얼마가 지난 뒤 내게 들려온 험담이 줄곧 내 귀를 의심케 했다. 저는 돈 안 쓰고 친구들에게만 부담을 시켰다, 선출직에 나아가려고 동문회장 했다…. 무슨 공명심이나 아무런 욕심 없이 기수를 대표했던 건데 '왜 이런 말을 들어야 하나?' 하는 후회가 막심한 터였다. 적당한 계제를 봐 오고 있던 차 마침 ㅈ친구가 태안에 세컨드하우스를 짓고 집들이를 한단다.

　일행은 첫 번째로 천리포식물원을 들렀다. 독일계 미국인 밀러(귀화 한국 이름 민병갈) 씨가 사재를 들여 평생 가꿔 온 수목은 저마다 이름표를 차고 있는 모습에서 무릇 모든 생명체는 팔자를 잘 타고나야 그 대접을 받겠다는 생각이 스쳤다. 결혼도 않고 한국이 좋아, 식물이 좋아 이곳에 쏟아부은 설립자의 숨결을 느끼자니 '나는 무엇으로 죽음을 준비해야 하나' 하는 자괴감이 들었다.

　때는 중천인데 서울 총무로부터 특별히 점심을 예약하진 않았다는 설명을 들었다. 아무렴 모처럼 고향에 온 친구들에게 점심이라도 사면 좋겠다는 생각을 하게 됐다. 인근의 서해바다 횟집으로 안내했고 서울회장의 인사 멘트에 이어 건배사 제안을 받았다.

　태안의 해안선 길이가 530여㎞로 서울, 부산 간 거리보다도 길다는 설명과, 관내에 53개의 해수욕장이 있는데 심지어는 만리포, 천리포, 백리포, 십리포, 일리포 해수욕장도 있음을 설명하자 모두가 신기해하는 눈치였다.

2002년 세계꽃박람회가 인근 안면도 꽃지에서 열렸을 때 당시 태안군수가 세계원예생산자협회 간부를 배에 태우고 격렬비열도를 다녀왔는데 이구동성으로 '지구상에 이렇게 아름다운 곳이 있었느냐'고 감탄을 했다는 설명까지 덧붙였다. 이렇게 기후가 좋고 아름다운 태안에 별장을 마련한 ○○친구가 탁월한 선택을 했고 부럽다면서 '딱 좋아'를 구호로 건배를 제의했다.

점심 식사 후 여름내 드나들며 지었다는 ○○친구의 집에 도착했다. 가로림만을 앞에 두고 남향한 집은 에치빔으로 튼튼하게 지은 2층집이었다. 텃밭에서 갓 따 온 수박, 참외를 나누어 먹으며 이야기꽃을 피웠다. 교실이 부족해서 닭장에서 공부했던 이야기며, 내가 뱀에 물렸을 때 ㅈ의 어머니가 며느리 몰래 계란 두 개를 갖다 준 얘기, 남녀 간에 유별하고 겸연쩍어서 짝꿍 친구에게 말 한마디 못 하고 졸업한 얘기들로 수다를 떨다 보니 지는 해는 벌써 소나무 그늘을 만들고 있었다.

점심은 회를 먹었으니 저녁은 숯불구이를 준비한 모양이다. 친구들 중 일부는 술을 피하느라고 모깃불을 놓거나, 삼겹살을 굽거나 잠 잘 방을 정하느라고 야단법석이었고, 술상을 마주한 친구들은 한 순배가 돌아 거나해지면서 목소리가 한껏 높아져 갔다.

나는 내일 일도 있어 가야 하는데 노래나 한 곡 하겠다고 자청을 했다. 어설프지만 이황의 '청산은' 시조를 부르자 앙코르를 쏟아 내며 놓아주질 않았다. 노모도 계시고 집 나가 외박한 일이 별로 없던 처지였으며 일요일 새벽마다 다니는 목욕 때문에라도 돌아와야 했다. 만류를 뿌리치고 한 시간여를 달려오는 밤길은 엄습하는 졸음이 가장 두려웠다.

한가하게 자고 다니면 좋으련만 밤에라도 꼭 집에 와야 하는 성격. 언제 나는 굴레를 벗고 대자유인이 될 수 있을까…. 수처작주隨處作主 아닌가. 가는 곳이 곧 거처할 곳이고 내가 주인인 것을…. 가급적 직책은 맡지 말고, 부득이하여 맡았으면 지난 뒤에 후회하고 빚 갚을 일을 만들지 말고 살 일이다. 오늘 친구들에게 밥 산 건 오랜 숙제를 해낸 기분이다.

_ 2017. 9. 9.

쓰담 쓰담

牽强附會 _{견강부회}

가당치도 않은 말을 억지로 끌어다 조건이나 이치에 맞추려 함

人生無含二容色

두 얼굴

　전기 사용이 일상화되고 있는 우리 생활을 돌아보면 전기가 그렇게 신통할 수가 없다. 병원의 생명 유지 장치, 엘리베이터, 철도의 전철화 사업, 전기자동차, 주방을 점령하는 인덕션, 냉난방 수요의 확산 등. 전기의 소중함은 더 이상 설명을 필요로 하지 않는다.

　하지만 전기의 합선이나 고장은 엄청난 재난을 가져온다. 체르노빌이나 후쿠시마 같은 전기 생산 시설에서 일어난 사고는 지구 환경에 치명상을 가져오고 있다. 그러니 전기는 두 얼굴을 극명하게 하고 있는 것이다.

　이런 문제에 직면하자 세계 각국이 앞다투어 신재생에너지 생산에 천착하게 되었다. 우리나라도 탈원전 정책으로 가는 동시에 석탄 발전이 가져오는 환경 파괴 때문에 증설을 하지 않고 점차 폐기해 나가는 정책을 쓰고 있는 것이다.

　전국 화력 발전의 절반을 충청남도에서 생산하고 있다. 그 발전소가 입지한 보령, 태안, 당진에 근무해 본 나로서는 환경 공해 문제를 누구보다 뼈저리게 인식하고 있다. 오죽하면 선하지線下地 보상과 지역에 대한 지원, 전기료 감면 등을 매개로 지역민의 원성을 무마하려 하지만 생산 농산물에 쇳가루 또는 연탄 분진 등 이물질이 끼이고, 끝 모를 건강상의 문제가 상존하는 등 환경 파괴의 주범인 건 확실하다.

나는 이십여 년 전 태양광발전사업이 정부의 보조 사업으로 추진될 때부터 많은 관심을 가지고 전라도 지방을 비롯한 여러 지역을 들러 보기도 했었다. 농경지에다 설치할까 해서였는데 자기 자본 조달이 부담이고 잘못되면 어쩌나 하는 소심증으로 실행을 못 했다.

그러다 이 년 전에서야 100kW 미만 1기를 설치했고 한전과 20년간 고정 가격으로 매전계약賣電契約을 맺었다. 오백여 평의 밭에서 한 달에 이백여만 원의 전기 판매 금액을 수입하고 있으니 매년 떨어지는 매전 계약 단가를 감안하면 서둘러 한 기를 더 설치하고 싶었다.

작년 칠월에 한 기를 증설하고자 발전사업 허가를 신청했건만 지연되다가 11월 말에서야 허가 통보를 받았다. 일 개월 이내에 최소한 '사용전 검사'를 받아야 2020년 단가로 20년을 계약할 수 있었다. 다행스럽게도 시공 업체의 필사적인 노력으로 시한을 이틀 앞둔 12월 29일 점검을 받아 냈다.

주민 수용성을 강조하는 허가 부서의 입장에서 주변 농가 한두 집이 동의를 안 해 준 게 지연의 이유였다. 아로니아를 심었다가 세계자유무역협정(FTA)의 영향으로 소득이 없어 다 키운 작목을 뽑아 없애는 이웃의 애로는 아랑곳없이 '하얀 꽃을 피우는 아로니아가 예뻐서 이사 왔는데 저는 반대합니다.' 하는 이웃의 아낙에게 괘씸한 감정을 사게 되었다. 굴러온 돌이 박힌 돌 뽑는다는 속담이 이런 경우지 싶었다.

　반대를 해도 합당한 이유가 있어야 허거늘 전자파 피해, 풍치 저감, 햇빛 반사, 폐기물 처리 등 잘못된 보도나 상식을 내세워 이웃 농가의 햇볕 농사에 훼방을 놓으려는 것을 이해·설득시키느라 진땀을 흘려야 했다. 합리적인 자료와 근거를 바탕으로 설득했는데도 그의 최종 답변은 "내가 싫은 걸 어떻게 해요?"였다. 저간의 상황을 파악한 당국이 허가를 내줘서 일이 막바지에 이르러서였다.

　생산할 전기를 송전하기 위해서 삼상三相으로 변압기를 설치하는 공사가 시작되자 몇 분 만에 백여 미터 떨어진 위치의 전신주에 붙어 있던 변압기가 고장을 일으키며 주변에 정전이 되고 말았다. 그 변압기는 누수로 인하여 내 공사와 무관하게 오비이락烏飛梨落으로 고장이 발생했던 것이다.

　"친정어머니가 와서 생명 유지 장치를 사용하고 있는 중인데 정전을 시키면 어떡해요?"

　공사업자에게 하는 항의는 어떤 이유인지 내 알 바 아니라는 듯 막무가내였다. 전기가 끊기자 난리법석을 치면서도 생산 시설이 내 주변에 설치되는 건 싫다는 두 얼굴의 사람들과 어울려 살기는 참 벅차다.

　"태양광 그리 하고 싶으면 당신 집 안방에나 설치해라!"

인근 마을 입구에 써 붙인 플래카드가 오늘날 두 얼굴의 주민을 대변하고 있다. 신재생에너지 생산 시설은 넓은 땅 면적을 필요로 함에 따라 한계농지나 임야에 설치함으로써 농가 소득 증대에 크게 기여된다는 점에 착안하여 농협중앙회와 에너지관리공단이 MOU를 체결하여 장려해 오고 있는 사업이다.

이러한 근본 취지를 모르면서 잘못된 부정적 정보를 견강부회牽强附會하는 일부의 그릇된 선동이 크나큰 사회적 비용을 치르게 하고 있는 것이다. 내 집으로 올라오는 입구에 '신재생에너지 밸리' 이름을 달고 서 있는 장승이 두 얼굴의 사람들을 질책하고 있는 듯하다.

기후변화로 무너져 내리는 빙하, 길 잃은 북극곰, 지진 피해를 입은 후쿠시마 원자력 오염수를 바다에 방류할 수밖에 없다는 최근 일본의 긴급 뉴스 등을 보더라도 지구 환경을 보존하고 지키는 소명이 절실함을 느낀다. 태양광, 풍력, 수력 등 신재생에너지로의 대체는 불가피하다.

전기가 없으면 불편해서 하루도 못 살겠지만 내 주변에 생산 시설이 들어서는 건 안 된다는 님비 현상을 어찌하면 좋을까. 물론 환경오염은 최소화해야 한다. 신재생에너지가 답일 수밖에 없는 이유다. 오늘을 사는 우리는 제발 두 얼굴을 하지 말았으면 좋겠다. 이를 인생무함이용색人生無含二容色으로 작문해 본다.

_ 2021. 2. 15.

쓰담 쓰담

德不孤必有隣 덕불고필유린

덕이 있는 자는 외롭지 않고 반드시 이웃이 있게 마련이다

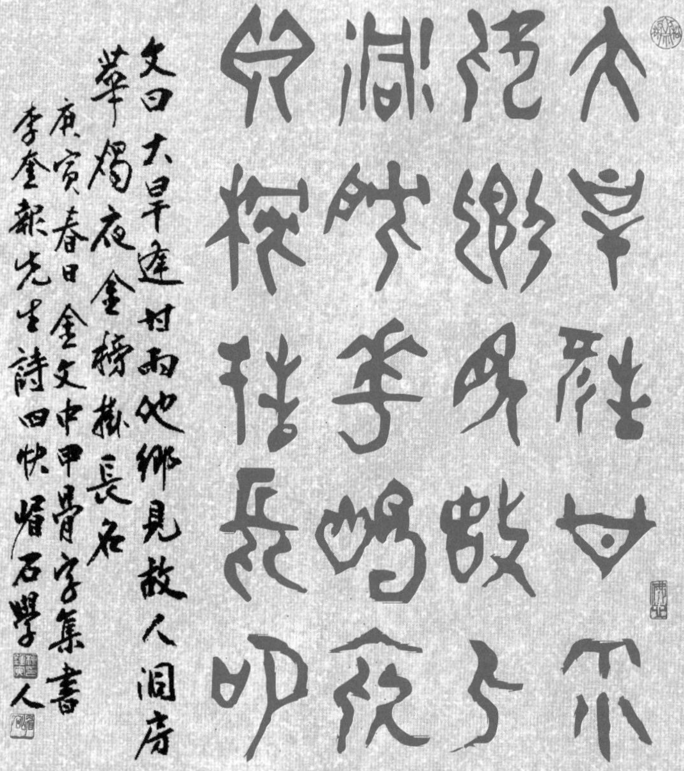
文曰大旱逢甘雨他鄉見故人洞房
華燭夜金榜掛長名
庚寅春日金文中甲骨字集書
李奎報先生詩四快 惛石學人

보약 같은 친구

올해는 벚꽃도 혼자 왔다 갈 수밖에 없을 듯하다. 전대미문의 코로나 19 바이러스가 세계인의 발목을 잡고 놓아주질 않으니 꽃의 향연인들 관심 밖인데 언제나 반가운 친구 C의 전화가 울린다. 도고까지 왔는데, 여기서 묵고 모레 어머니 산소를 다녀갈 요량으로 서울에서 걸어 이틀째 여장을 풀었으니 내일 점심을 함께하자는 전화였다.

서울에서 걸어 첫날엔 오십 킬로를 걷고, 이틀째는 사십 킬로를 걸었다고 한다. 부드러운 운동화를 신은 것이 탈을 자초했는데 발가락이 스쳐 걷기가 매우 불편하다고 하면서도 차량을 제공해 주겠다는 제의를 '산소가 소재한 예산 땅을 밟아야 한다'며 사양하고 있었다.

C는 세계의 지붕이라는 에베레스트, 안나푸르나 등 명산을 비롯하여 지구촌 안 가 본 데가 없을 정도로 등산 마니아이며, 언젠가는 자전거로 서울에서 부산을 다녀왔다고 하는 철인鐵人 친구이니 새삼 놀랄 것은 없으나, 등산이나 트레킹을 많이 다녀 보지 못한 나로서는 경악하지 않을 수 없었다.

다음 날 충청도 각처에 흩어져 사는 친구들이 고깃집에 모였다. C는 맛있게 먹고 코로나 잘 이기라며 값비싼 한우 고기를 무한 주문한다. 일 년에 한두 번씩 늘 그렇게 하고 있는 친구이니 스스럼없는 자리였다. 고향에서뿐만 아니라 서울에서는 경인 지역의 친구를, 대전에 가서는 중부권의 친구들을 불러 모으기 일쑤이니 그의 곁에는 늘 사람이 따른다. C가 주관하는 어떤 등산 모임은 회원들이 그를 황제와 같이 따른다니 그 연유는 미루어 짐작이 간다.

그는 나하고는 고등학교 때 한 반에서 공부했지만 키가 크고 체격이 우람하여 교실의 맨 끝자리에 앉았었는데 학교 수업보다는 소설책을 많이 읽는 친구였다. 선생님들과 어울려서 뒷산에서 술을 함께할 정도로 조숙한 친구였는데, 농촌에서 팔 남매 중 넷째 아들로 태어나 젊어서는 고생 꽤나 한 친구였다.

학교를 졸업 후 둘째 형과 함께 자원 재생 공장을 운영했지만 실패하고 단돈 십만 원을 가지고 상경해서 숱한 고생을 한 끝에 돈을 벌어 형제들을 모두 돌보는 장형長兄 같은 삶을 사는데, 그를 둘러싼 미담은 부지기수다.

상경할 때 십만 원도 동창 K의 도움을 받았기에 K가 공직 생활을 마치게 되자 매달 칠십만 원씩을 수년간 후원했고, 최근에는 칠천여만 원을 사례한 줄로 알고 있다. 초등학교 교장으로 근무하는 J친구 학교의 불우 학생 두 명씩을 매년 선발해서 대학 졸업 때까지 학비를 후원한 숫자가 십여 명에 이른다.

택시를 운전하는 L친구에게 자동차를 사 준 얘기, 친구 부인들을 서울의 유명 성형외과로 불러 점을 빼는 시술을 해 준 얘기, 반창회 모임에 거금 삼천만 원을 내어놓고는 일 년에 한두 번 회식을 하고 남는 돈은 최종 살아남는 친구의 몫으로 하자고 한 선행들이 대표적이다.

몇 해 전에는 전직 대통령 선거에 후원 그룹으로 참여했다고 한다. 당선 후 청와대로 초대받아 다녀 나온 뒤 우리가 할 일은 다 했으니 이 모임은 해체하여 대통령에게 부담을 주지 않는 것이 옳다며 해단의 선봉에 섰다는 일화도 들은 바 있다.

C는 동년배 친구였지만 존경했다던 망자를 소개하기도 했다. 17년간 병석의 아내를 수발하고 폐암으로 병원에 입원한 친구를 병문하니자기 처가 '내 앞에서 먼저 가게 한 것이 천만다행'이라던 친구에게 존경심이 일었고, 그 친구의 폐 이식 수술까지 해 주었다고 한다. 일 년반을 육 킬로미터 거리를 매일 걸어서 그를 문병했던 일이 주마등 같다고도 했다.

이렇듯 선행을 끊임없이 베푸는 C에게 물었다.
"친구는 어떻게 선행을 계속할 수 있나. 사람은 있으면 있는 대로 더부자가 되고 싶어 하고 가족의 반대도 있는 것이 인지상정인데….″

그의 대답은 예나 지금이나 한결같다.

"내가 행복해지고 싶을 뿐이야."

그가 서울에 가서 고생할 때의 일화다. 지금의 테헤란로가 논밭 형태에서 하나둘 빌딩이 들어설 때였는데 그가 종사하던 부동산 가게에 어린아이를 등에 업고 들어와 월세방을 찾는 아줌마에게는 수수료를 받지 않았다고 한다. 그의 성실함이 주변에 알려지면서 토지주들이 그에게 개발을 의뢰하게 되고 괄목할 성과가 소문을 타면서 그의 사업은 날로 번창했다고 하는데, 그야말로 무일푼 빈손으로 거부를 일군 친구 C는 이 시대의 영웅이다.

어렵게 돈을 벌었으면서도 그는 의로운 일에는 돈을 아끼지 않는다. 돈이 돈 벌고 이익 앞에서는 원칙이나 인륜도 없는 세상이지만 C에게서는 그의 인간됨과 성인의 면모를 읽게 한다.

시골에 묻혀 사는 내가 서울에서 왕성하게 사업 활동을 하고 있는 친구를 얼마나 알겠나. 내 눈에 비친 그의 일상은 빙산의 일각일 테지만 덕불고필유인德不孤必有隣이 다름 아니다. 최치원을 시조로 한 경주최씨의 명문 씨족임을 느끼게 한다.

"자식보다 자네가 좋고 / 돈보다 자네가 좋아 / 자네와 난 보약 같은 친구야 / 아 아 아 사는 날까지 / 같이 가세 보약 같은 친구야…."

쓰담 쓰담

노랫말 가사가 이 친구에게 딱이다. 한식을 맞이해서 어머니를 산소로 찾아뵙고자 서울서부터 걸어 발병이 난 친구, 우리 어머니는 신사임당보다도 더 훌륭했다고 자랑하던 보약 같은 친구! 여느 때와 같이 내 어머니 드리라며 마트에서 고기며, 과일이며, 빵이며 박스로 가득히 사줘서 받기만 했다. 반가워하는 아내는 올해엔 봄나물이라도 나누자고 귀띔한다. 그런 친구가 있어 난 참 행복하다.(서예작품: 이규보는 타향에서 친구를 만나는 일을 가뭄에 비를 만나는 것, 화촉을 밝히는 일, 과거에 급제하는 일과 함께 네 가지 즐거움으로 시를 읊었다)

3부

농업
Work of life

生涯學老圃深巷屋如蝸
石砌因山築槿籬貸地遮
陳薈沈荳葉忘蝶憩菁莪
冉冉黃香玉幽林吐月華

錄鄰翁學先生詩薄暮巡園丙申立夏邢醇石村謹書

박모순원薄暮巡園

生涯[1] 學老圃   생애학노포

내 인생이 농부의 흉내를 내노라

深巷[2] 屋如蝸[3]   심항옥여와

후미진 마을 달팽이집에 머무네

石砌[4] 因山築   석체인산축

산비탈에 기대 돌계단을 쌓고

槿籬[5] 貰地遮   근리세지차

땅을 빌려 무궁화 울타리를 쳤네

---

1   涯 물가·끝 애
2   巷 거리 항
3   蝸 달팽이 와
4   砌 섬돌 체
5   籬 울타리 리

疎螢沈荳葉 <small>소형침두엽</small>

드문드문 반딧불은 콩잎으로 숨고

老蝶[6] 戀菁[7] 花 <small>노접연청화</small>

늙은 나비는 무꽃만을 찾아드네

冉[8]冉黃昏至 <small>염염황혼지</small>

그럭저럭 황혼이 밀려오더니

幽林吐月華 <small>유림토월화</small>

호젓한 숲은 둥근 달을 뱉어 놓네

  정조·순조 연간의 시인 농오農嗚 정언학鄭言學이 쓴「저물 무렵 채소밭
을 둘러보다」라는 시다. 서울에서는 유득공이나 김려, 권상신 등 내로라
하는 명사들과 어울려 지냈으나 생계가 그의 발목을 잡아 몸은 논밭에
묶여야 했다. 농촌 한 귀퉁이에 초가를 장만하고 보니 달팽이 집이 따
로 없다. 돌계단을 만들고 무궁화 울타리를 쳐 제법 정원 꼴이 갖춰졌
다. 날이 저물자 둥근달이 솟아오른다. 외진 곳 외로운 사람의 마음을
위로하는 등불 같다고나 할까.

---

6 蝶 나비 접
7 菁 우거질 청
8 冉 나아갈 염

쓰담 쓰담

농촌에서 나고 농업을 전공했지만 농협에 들어가 사십여 년을 근무했으니 농촌 티를 벗고 도시 사람 행세를 할 수도 있었다. 농협은 금융조합의 후신이기에 특수은행으로 분류되었다. 더구나 중앙회는 제일금융권이면서 직원 수가 제일 많아 금융노조에서도 단체결성권이 가장 강한 기관이었다.

하지만 입사 시험 때 "농촌 근대화에 앞장서고 잘 사는 농촌을 만들겠습니다."라고 했던 소신은 구두선에 지나지 않았고 목표 달성은 요원한 숙제였다. 퇴임 후에도 농촌 운동을 계속한다는 각오로 귀촌을 결심했다. 그렇게 창고를 개조해서 토막土幕집을 장만하고 사군자를 주변에 심었더니 선비 행세는 그런대로 흉내가 내진다.

땅을 놀릴 수 없어 이것저것을 심어 보지만 도무지 수지가 맞지 않는다. 복합 영농해야 산다면서 농림장관을 해먹은 사람도 있지만 복합 영농하면 자급자족은 가능하지만 일만 많이 하고 돈을 만지기는 쉽지 않다. 전업농으로 광작하되 과학적이지 않으면 살아남기 어려운 시대를 살고 있다. 인력이 부족하고, 있어도 임금이 올라 농업과 농촌은 새로운 도전에 직면하고 있다.

급속한 노령화와 부녀화로 인하여 기계화 영농이 가능한 기업농이나 영농조합 같은 단체가 농사를 맡아 할 수밖에 없다. 나 같은 얼치기는 생계보다는 노후를 보내는 수단으로 농촌에 머무는 형국이니 해 지면 달맞이하고, 달 지면 해맞이하는 무늬만 농부인 채 살아 보자. 그래도

농업　　　　　　　　　　　　　　　　　　　　　　　　　111

할 일 없이 누웠다 일어났다 하는 도시의 아파트 생활보단 낫지 싶다.

멀쩡하던 소나무밭을 일구어 젖과 꿀이 흐르는 사과밭으로 만들겠다고 40대에 도전했다가 실패했고, 옻나무를 심어 노후를 윤택하게 해 주겠다고 한 아내와의 약속도 무위로 그쳤다. 직장을 퇴직하고 귀촌을 했을 때는 이미 위 시에서처럼 '늙은 나비는 무꽃만을 찾아드는' 형국이니 가장 손쉽고 소득이 있는 작목에 눈과 귀가 쏠렸다.

5년 전 전북 고창에 내려가 아로니아 묘목 일천여 주를 사다 심었다. 너나없이 많이 심어진 데다가 한·EU 자유무역협정이 체결되면서 폴란드산이 무제한 수입되어 아로니아 시장이 붕괴되는 지경에 이르렀다. 그나마 나의 의도를 잘 따라 준 아내의 힘이 컸는데, 이제 다른 작목 얘기는 입 밖에 꺼낼 수도 없다.

지방정부에서 실시한 폐농지원사업의 도움을 받아 백 킬로 미만 농촌형 태양광 발전소를 만들어 아로니아밭을 삼분지 일로 줄였다. 농작업 일은 줄이고 전체 농업 소득은 훨씬 늘었으니 호젓한 숲이 둥근 달을 뱉어 놓듯 인생 정원을 마무리해야 하지 않을까. 고희를 넘기고 있으니….

_ 병신년 입하절

쓰담 쓰담

隱遁自適 은둔자적

피해 숨어서 스스로 맞게 거함

補國無長策
抛書學老農
人踈苔徑濕
鳥集蓽門空
煙淡溪聲外
山昏雨氣中
杖藜成散步
滿袖稻花風

辛丑秋日省石學人

촌거村居

補國無長策 拋書學老農 보국무장책 포서학노농

나라에 도움이 될 뾰족한 수가 없어서 책을 던지고 농사일을 배우네

人疎¹ 苔徑濕 鳥集篳² 門空 인소태경습 조집필문공

찾는 손이 없으니 이끼 길이 젖었고 휑한 사립문에 새가 모여드는구나

煙淡溪聲外 山昏雨氣中 연담계성외 산혼우기중

시냇물 소리 저쪽에 연기가 엷고 비가 올 듯하니 산이 어두워지네

杖藜³ 成散步 滿袖稻花風 장려성산보 만수도화풍

지팡이를 짚고 산보하니 소매에 벼꽃 바람이 가득 불어 드누나

   고려 말의 문신 윤여형尹汝衡의 시다. 나그네로 떠돌면서 느낀 고달픈 심정과 고향을 그리워하는 내용의 시를 주로 썼다. 「촌거」에서는 책을

---

1   疎 멀 소
2   篳 사립문 필
3   藜 나라이름 려

던지고 농사일을 배우면서 지내는 생활을 회화적으로 묘사하고 있다.

요즘의 정치인들에게 책임질 일이 생기면 감옥엘 간다. 감옥은 인신이 구속되고 활동할 수 없다는 것뿐이지 사색하고 책 읽기엔 그만한 장소도 흔치 않은 듯하다. 듣기로 냉난방 다 되고 먹는 것도 부실하지 않다고 들었다. 하지만 옛날엔 궁벽한 산촌 또는 어촌으로 귀양을 보내는 게 고작이었다. 세상일에 회의를 느낀 선비는 만사를 뒤로하고 농사나 지으면서 자연과 더불어 사는 삶을 살면서 책을 읽거나, 쓰거나, 가르치거나, 휴양을 즐겼던 모양이다.

그뿐인가. 근현대에 오면서 도시에서 일을 실패하거나 현직에서 물러나면 '농사나 지어 가며 살겠다'고 농촌에 들어오지만, 농업 소득이 있어야 생활이 되는 경우는 녹록지 않다. 토착민과의 화합도 어려운 경우가 다반사다. 태어난 고장으로 귀촌한 나의 경우도 토착해 살아오는 주민과의 대화가 잘되지 않는 게 솔직한 고백이다.

있는 체, 잘난 체, 행복한 체하면 그 꼴을 볼 수 없단다. 없는 체, 모르는 체, 불행한 체해야 같이 어울려 준단다. 그렇다 보니 흙과 대화하고, 작물과 대화하고, 자연과 대화한다. 등산을 해도 남과 함께하면 신경 써야 하는 일이 생긴다. 그래서 라디오와 동행한다.

가끔은 외로움을 느낄 때도 있지만 새와 바람과 달과 별과 대화하면서 지나온 과오를 반추하며 시간 때우기를 한다. 자그마치 수십 년의 여명餘命이 불안을 가중시키는데, 농촌의 노인들이 함께 겪는 애환이 아닐까 싶다. 윤 시인이 얘기하는 농촌의 정서는 아니어도 자연에 몸을 의탁하여 글 읽고, 글 쓰고, 글씨 쓰는 일이 혼자 할 수 있어 좋다.

주민센터 프로그램으로 붓글씨 쓰기 반을 야간에 열고 있다. 낮에는 들에서 일을 하고 밤 시간을 이용해서 탁마하시는 십여 분의 회원들은 대부분 육십 대부터 팔십 대까지 다양하다. 지난주 수업 시간이었다. 어느 한 분이 갑자기 형님 전화라면서 교실 밖을 다녀오더니 '팔십 여섯 되신 형님이 일 없어 미치겠으니 자기 집에 와서 같이 놀아 달라'는 전화라면서 '노인의 고독이 문제'라는 얘기로 실내가 어수선했다.

장수는 건강과 소득이 수반되면 축복받을 일이면서 그렇지 못한 경우 불행의 씨앗도 될 수 있다. 주변 사람들은 이미 저세상에 있는데 나 홀로 남은 이 세상이 결코 즐거울 리가 없다. 몸이 불편하다면 더욱 그렇고, 건강하더라도 일거리가 없다면 외로울 수밖에….

그래서 혼자서 즐길 수 있는 일을 찾는 게 중요한 덕목이지 싶다. 고즈넉한 방에서 글을 읽든가, 듣거나, 쓰기를 하면 좋지 않을까? 이도 눈과 귀와 팔이 멀쩡해야 될 일이지만, 한적한 농촌에 기거하면서 자연과 대화하고 허중虛中한 생활을 즐기다가 천명天命을 다한다고 생각해 보자!

윤 시인의 시 「촌거」가 가슴에 와 닿는다.

동물 중에 佛性을 가진 개는
잡아먹어서는 안 된다는 佛
家의 가르침도 애호 동물학
대를 받게 일마 많은 詛呪를 주
많은데 일마나 많은 지안정
인에게 일마나 많은 지안정을
했을까 이 동랑이 띠일
두 사람이 동물을 사랑으로
보듬는 기회로 삼자며 한 시
룸을 놓았다

平生五歌帝 수전우슬이의 저무中消石學人

유순이의 저주詛呪

집을 뛰쳐나와 외박을 하기 시작한 지 한 달이다. 먹는 것이 시원치 않고 주변이 저를 해칠까 봐 경계하는 눈초리가 예사롭지 않다. 하지만 평생에 이만한 자유를 가져 본 적이 없다. 죽지 않을 만큼의 먹이는 아침저녁으로 주인이 챙겨 주니 이만한 팔자면 부러울 것이 없다.

겨울의 개장은 배설물이 얼어 산을 이루니 가뜩이나 좁은 공간을 더 좁게 쓸 수밖에 없다. 안타까운 생각이 들어 쇠스랑을 들고 개장 문을 열어 산을 허무는 작업을 시작하자 탈출 기회를 엿보던 유순이가 순식간에 개장을 뛰쳐나간 것이었다.

나와 아내가 호랑이띠 동갑내기여서인지 그동안 짐승을 길러 보지만 별로 재미를 본 적이 없다. 개 한 마리와 토끼 한 마리, 닭 두 마리가 전부지만 먹이를 주는 일은 어머니의 소일거리였다. 그렇더라도 축사를 청소하는 일은 내가 해 왔지만 어머니가 몸져누우셨으니 짐승을 굶길 수는 없는 일, 먹이를 가지고 유인해 보지만 어림도 없다.

개장에 밥을 넣어 주고 들어가 먹는 순간 잡아채서 문을 잠가 본다고 끈을 연결해 봤지만 개는 나의 단순한 생각을 비웃기라도 하는 듯했다.

유순이에게는 밥을 챙겨 주시던 어머니가 주인일 뿐 쇠스랑으로 저를 공격하려 했던 나는 안중에도 없을 터. 나를 희롱하듯이 잡힐 듯 말 듯 하면서 점점 더 거리를 둬 가고 있었다.

처음 강아지를 주면서 성질이 온순하니 유형이 가져다가 길러 보라며 분양해 준 송 대표는 유순이라는 개 이름까지 지어 준 터였다. 도로 가져가라고 권유했지만 자기가 가지고 있는 것도 없애야 한다면서 난색을 표했고, 빨리 잡아넣어야지, 그렇지 않으면 유기견이 되어 이웃에 피해를 입힐 수 있다는 경고를 잊지 않았다.

개인적인 사사로운 일까지 소방 당국에 신세를 져서는 안 된다는 생각으로 전전긍긍하다가 119에 전화로 도움을 청했다. 도에 설치된 소방본부에서 전화를 받고는 동물 포획은 할 수 없다며 110번으로 신고하라고 가르쳐 주었다. 그 전화 역시 시청의 축산과로 이첩이 되었는데, 공무 수행의 범위를 넘는 일이라면서 거절을 하는 것이었다.

방법을 수소문한 끝에 가축병원에 가서 진정제(수면제) 열 알을 사 왔다. 먹인 후 두 시간 정도 지나면 잠을 잘 테니 그때 포획하라고 했지만 어림도 없는 일…. 어찌 된 일인지 더 생생하게 돌아다니는 게 아닌가.

미안한 마음을 무릅쓰고 하는 수 없이 소재지 소방서 현장대응팀에 전화로 신고를 했고 민원으로 받아들였는지 차량 두 대에 다섯 명의 요원이 각종 장비를 가지고 왔다. 하지만 이것도 허사. 자유를 만끽하고 있던 유순이가 시꺼먼 옷을 입고 접근하는 무리들을 눈치채지 못할 리 없는 일. 어렵사리 전개한 포획 작전도 무위로 끝나고 말았다.

고심 끝에 잠들게 한 후 포획하는 방법 외엔 없었다. 다시금 가축병원을 찾아 먼저 구입한 약 사십 알을 구해서 토요일 오전 작전을 다시 시작했다. 이틀을 굶은 마당에 약이 든 꽁치 통조림을 맛있게도 먹었던 유순이는 귀를 잔뜩 세우고 경계를 놓지 않는 듯했지만 나른해진 몸을 잘 가누지 못하고 있었다. 이때를 놓칠세라 목줄을 낚아챘다. 유순이와의 한 달여에 걸친 치열했던 전쟁은 끝을 보고야 말았다.

어머니가 편찮으셔서 개죽을 끓여 먹일 수 없으니 끄슬러[1] 가라고 지인에게 얘기해 온 주인의 심보를 유순이는 이미 알고 있는 듯했다. 동물 중에 불성을 가진 개는 잡아먹어서는 안 된다는 불가佛家의 가르침도 있고 동물 학대를 반대하는 애호 단체도 많은데 제게 마음이 떠난 주인에게 얼마나 많은 저주詛呪를 했을까. 호랑이띠일지언정 두 사람이 동물을 사랑으로 보듬는 기회로 삼자며 한 시름을 놓았다.

_ 2019. 1. 19.

---

1   끄스르다: 개를 도축할 때 볏짚 불에 털을 태워 잡는다는 데서 이르는 지역 사투리(연然자는 육달월 변에 개 견, 불화 변의 형성자다. 개고기는 불로 끄슬리는 게 당연하대서 '그럴 연자다.)

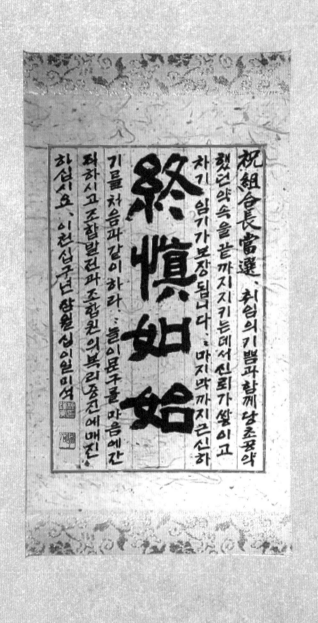

祝 組合長當選、취임의 기쁨과 함께 당초공약
했던약속을 끝까지지키는데서 신뢰가쌓이고
차기 임기가 보장됩니다、마지막까지 근신하

終愼如始

기를 처음과 같이 하라…놀이묘구를 마음에 간
직하시고 조합발전과 조합원의 복리증진에 매진
하십시오、이천십구년 창원십이월미석

종신여시 終愼如始

"마지막까지 근신하기를 처음과 같이 하라."

이천십구 년 삼 월 십이 일 전국적으로 동시 실시한 농협조합장 선거가 조용한 가운데 끝났다. 평소 교분을 쌓아 온 몇몇 당선자에게 축하 메시지를 붓으로 써 보냈다.

농협은 도농 간에 행정 구역 단위로 조직·운영되고 있는데 농업인의 영농과 생활에 직접 영향을 미치는 조직이다. 민주화 과정을 거치면서 조합장 선거는 지방자치제 시행의 시금석이었다. 말도 많고 탈도 많던 선거를 전국 일천일백여 개 조합에서 연중 실시하다 보니 그야말로 농협이 '노변路邊의 돌'이라는 말이 나올 정도로 구설수를 받았다.

그런 비난을 줄여 보고자 전 조합이 한꺼번에 실시하여 매를 한 번만 맞겠다는 심산으로 시행된 제도가 전국동시선거다. 이번 선거 결과를 보면 현직 조합장 900명이 재도전해 71.4%인 643명이 당선에 성공할 만큼 현직에 유리한 제도로 운영되었다. 선거운동을 극히 제한하여 정견발표나 정책토론회 개최를 금지하고, 선거운동은 후보자 본인만이 할 수 있도록 규제하고 있다. 또한 선거공보·벽보, 어깨띠 등 소품,

명함, 전화·정보통신망을 이용한 선거운동만 허용하는 깜깜이 선거라는 비판을 면하기 어려운 점은 개선의 여지로 남는다.

농협은 정부의 조세 감면 등 지원과 자주 노력, 그리고 국민의 사랑을 받으면서 수지 경영이 좋아지자 조합장과 직원의 보수를 대폭 올려 지역에서 각광받는 직장으로 인식되기에 이르고 있다. 농협중앙회는 제일금융권 전국은행이다. 신용과 경제가 분리되기 이전에도 신용사업이 은행이나 다름없었지만 금융지주와 경제지주로 분리된 현 시점에서는 농협은행으로 불리니 영리를 목적으로 하는 주식회사와 다르지 않다. 전국적 조직망을 가진 거대 은행이다 보니 노조도 강성이 되어 시중은행원 대우를 받는다.

지역농협을 비롯한 회원농협들도 제2금융권이긴 하지만 같은 은행 업무를 하고 있으니 직원 급여를 중앙회 직원 대우해 달라는 요구가 오늘의 고임금 체계를 가져왔다. 중앙회장을 일선 조합장들이 뽑고 일선 조합장 출신이 중앙회장으로 선출되자 조합장들의 요구를 뿌리칠 수 없게 된다. 조합장들의 급여를 고용직 전무의 급여와 동일하게 지급하도록 하고 있으니 이사·감사 수당도 높을 수밖에….

은행이나 농협의 급여는 고정 급여와 성과 급여로 나뉘고 성과 급여는 수지에 따라 의결기관의 승인으로 지급하게 된다. 전국의 농협이 다 그런 것은 아니지만 은행업인 상호금융업무의 성과라는 것이 대부분 예대 마진에 의존하는 경향이 있기 때문에 예금 이자 덜 주고 대출

이자 많이 받으면 성과가 우수하게 평가되는 구조다. 그러니 구성원인 조합원(은행의 경우는 이용 고객)의 피를 빨아먹는다는 비판이 잘못된 게 아니다.

연봉이 높다고 해서 마냥 좋은 일은 아니다. 언젠가는 구성원(조합원 또는 고객)이 이용을 외면하면 조직이 존재할 수 없게 되기 때문이다. 그뿐만 아니라 정부가 농업 또는 농협 관련 조세 감면 정책을 철회하면 농협 수지가 나빠지는 건 시간문제다.

읍면 지역에서의 농협 직원 급여는 각급 학교 교사의 수준보다 약간 높으면 좋을 것으로 생각한다. 교사가 농협 직원보다 취업 과정의 난이도나 신분 보장, 연금 제도 면에서 높으나, 농협 직원은 조직 관리와 업무 추진이라는 부담이 따른다는 생각에서다.

그러나 현실은 농협 직원의 급여가 상당히 높은 줄로 알고 있다. 그런 구조하에서 구성원인 농민 조합원에게 박탈감이 생기는 것은 필연이며 조합장 선거 경쟁률을 부추기는 요인이 되고 있다. 조합은 조합원에게 지급할 벼 수매 값 등 농산물 가격을 지지해 주는데 정책의 우선을 두어야 한다. 예금과 대출 금리를 조합원 실익 차원에서 결정하고 각종 비용을 절감하는 가운데 취급물량의 확대와 경영의 효율을 통해서 경영 수익을 극대화하는 노력을 다해야 한다. 그런 결과를 수고한 노동자에게 성과급으로 나누는 일이야말로 주인인 조합원으로서의 당연한 의무이며 긍지인 것이다.

특히 조합장은 협동 조합의 운동가이며 경영자라는 무거운 책임을 지는 자리다. 조합장은 급여의 많고 적음을 떠나 일을 통해서 조합원에게 봉사해야 한다. 어찌 됐든 선택된 조합장들은 공약을 위해 끝까지 최선을 다해야 할 것이다. 근신하기를 끝까지 하지 않으면 조합원의 신뢰를 받을 수 없고, 사 년 주기의 신임 과정이 순탄할 수 없기에 '종신여시終慎如始'를 휘호하여 축하 인사로 삼은 것이다. 친정 농협을 아끼고 사랑하는 충정임을 후임의 전사들이 귀담아 주면 좋겠다.

_ 2019. 03. 30.

쓰담 쓰담

農者天下之大本 농자천하지대본

농업은 천하의 사람들이 살아가는 큰 근본임.

농업을 포기한 선진국은 없다

農民은人類의生命倉庫를그손에잡고있습니다우리나라가突然히商工業나라로그자리를잃어버렸다하더이라도이번치못활生命倉庫의일쇠는依然히地球上어느나라의農民이잡고있을것입니다

辛丑초月奉吉義士農民讀本中嶋石學人金書

농민독본農民讀本

매헌梅軒 윤봉길 의사尹奉吉 義士(1908~1932)가 『농민독본』에서 농업·농촌·농민의 중요성을 설파한 내용을 썼다. 『농민독본』에 나오는 이 같은 글귀는 농협의 중앙회를 비롯한 전국 점포 또는 농업기술센터 등에 게시하고 있는 것을 보게 된다. 야학교재였던 『농민독본』 제1권은 한글편, 제2권은 계몽편으로 각종 예절과 서신 작성법 등의 내용이고, 제3권은 농민의 앞길로 윤의사가 젊은 시절 계몽운동을 위해 집필한 책이다.

윤 의사는 1908년 6월 21일 충남 예산군 덕산면 시량리 지금 보존되고 있는 고택에서 태어났다. 본명은 우의禹儀이고, 봉길奉吉은 별명이다. 1918년 덕산보통학교에 입학했으나 다음 해에 3·1운동이 일어나자 식민지 노예 교육을 배격한다며 학교를 자퇴했다. 1921년 유학자인 매곡 성주록成周錄의 서당 오치서숙烏峙書塾에 들어가 그의 문하생이 되었다. 사서삼경 등 중국 고전을 두루 익혔고 1929년 오치서숙을 졸업, 한학 수업을 마치게 된다. 이때 매헌梅軒이라는 아호를 얻었다고 한다.

오치서숙을 졸업한 윤 의사는 농촌계몽 활동, 농촌부흥 운동, 야학활동, 독서회 운동 등을 시작한다. 1927년 『농민독본』 3권을 저술하였고 1928년 18세 되던 해에는 시집 『오추烏椎』, 『옥수玉睡』, 『임추壬椎』 등을 발간했으니 운동가이면서 사상가였다. 1922년 15세에 성주 배씨 배용순과 결혼하고 두 아들 모순橫淳과 담淡을 두었는데 젖먹이 두 아들에게 유서를 남기고 1930년 23세 때 중국으로 건너간다.

"장부가 뜻을 품고 집을 나서면 살아 돌아오지 않는다(장부출가생불환丈夫出家生不還).", "강보(襁褓:포대기)에 싸인 두 병정아. 너희도 피가 있고 뼈가 있다면 반드시 조선을 위해 용감한 투사가 되어라."는 유언을 남겼으니 조국을 위해 목숨 바친 그의 결기는 천추의 모범이 아닐 수 없다.

일제 강점기인 1932년 4월 29일 중국 상하이 홍커우공원에서 사제폭탄을 던져 일본군 수뇌부를 폭사시키는 거사를 감행했다. 현장에서 체포된 후 일본 오사카 형무소에서 12월 19일 순국한 윤 의사에게 국민당 총통이었던 장제스(장개석蔣介石)는 "중국의 100만 대군도 하지 못한 일을 조선의 한 청년이 했다니 정말 대단하다."며 감탄하였고 이후 대한민국 임시정부를 전폭적으로 지원해 주는 계기가 되었다고 한다.

3·1 독립운동 100주년을 맞는 올해『농민독본』을 다시 상기하면서 윤 의사의 혜안에 감복하지 않을 수 없다. 내 집 당진에서 윤 의사 고택이 있는 덕산까지는 승용차로 30분 거리다. 매주 온천으로 유명한 덕산에 가고 오면서 내가 서예작품집에서 빼놓지 않는『농민독본』을 되뇐다. "이 변치 못할 생명 창고의 열쇠는 의연히 지구상 어느 나라의 농민이 잡고 있을 것입니다." "다시 말하면 농민의 손으로써 농민을 본위로 한 정치와 경

제와 교육과 예술과 문학이 존재하게 될 것입니다." 당시로서는 어느 누구도 생각 못했을 주장을 『농민독본』에 이렇게 쓰고 있지 않는가.

오늘날 상공업이 발달하면서 농업이 쇠퇴하고 있어 농촌의 공동화에 대한 우려가 크지만 인간이 먹고사는 문제는 고금을 통해서 간과할 수 없고, 4차 산업의 발달로 농업혁명이 가속화되고 있는 점은 젊은이들에게도 블루오션이 아닐 수 없다. 농촌의 노령화가 급진전되면서 그들이 경작하던 농지가 젊은 농부들에게 규모의 경제를 살찌우고 있는 점이 고무적이다.

그뿐인가. 세계 3대 투자가로 알려진 짐 로저스 회장은 미래에 유망한 산업으로 농업을 꼽고 있다. 2018년 서울에서 열린 미농포럼[1]에 참여해 '농업이 미래다'라는 주제로 한 시간 동안 특별 강연을 하면서 농업의 중요성과 투자 가능성을 이야기했다고 한다. 로저스 회장은 윤 의사의 『농민독본』을 본 일이 없을 텐데 90여 년이 흐른 지금 윤 의사의 주장과 일치함은 놀라운 일이다.

우리에게는 북한이라는 변수도 있다. 북한 주민에게 식량의 중요성은 불문가지다. 우리 선조들의 숨결이 잠들어 있는 만주, 연해주 농업 개발에 우리 기술과 인력의 지원이 기다리고 있다는 걸 생각하면 윤 의사

---

1   미농포럼: (사)한국인간개발원과 농민신문사 공동 개최, 농촌과 도시, 남과 북, 우리와 세계가 함께 상생할 수 있는 길을 모색하기 위한 미래농업minong 포럼.

의 『농민독본』의 가치가 더욱 빛난다. 20세 전후의 활동, 강보의 사랑스런 두 아들을 두고 집을 나서며 조국의 독립을 위해 몸을 바친 그 용기…. 절로 고개가 숙여진다.

_ 2019. 02. 10.

쓰담 쓰담

清耕雨讀 청경우독

맑은 날엔 밭 갈고 비 오는 날엔 책 읽는다

朝出耕夜歸讀

辛巳秋分節　眉石

찔레꽃

찔레꽃 붉게 피는 남쪽 나라 내 고향
언덕 위에 초가삼간 그립습니다
자주 고름 입에 물고 눈물 젖어
이별가를 불러 주던 못 잊을 사람아

KBS 프로그램 〈가요무대〉 역사상 가장 많이 신청된 찔레꽃의 가사 1절
이다. 1941년 만주지역 순회공연 중 비밀리에 독립군을 만나고 온 김교
성과 김영일이 이 노래를 작사·작곡해 백난아의 목청에 실었다고 한다.

찔레꽃은 4, 5월에 걸쳐 핀다. 이 꽃이 만발할 즈음 보리가 누렇게
익어 간다. 보릿고개로 불리던 궁핍했던 시절 북쪽 오랑캐가 보리를
빼앗으려고 쳐들어오기도 하고 일제에 강점되어 대동아전쟁의 풍운이
휘몰아치던 시절이기도 했다. 남의 나라 전쟁터로 끌려가던 젊은이들
의 충혈된 눈동자. 처녀들은 일본군 위안부로 끌려갈까 봐 시집을 서
둘렀다고 하니 못 견디게 가혹했던 그 시절에도 찔레꽃은 어김없이 피
었나 보다.

원래 찔레꽃은 백옥같이 하얀 꽃인데 시작 부분에서 '붉게 피는'이라

고 썼다. 토양 조건이나 개체에 따라 연한 분홍색을 띠는 경우가 있을 뿐이라고 한다. 첫 소절의 '남쪽 나라'는 남해안을 일컬음이다. 해안 백사장에는 어김없이 붉은 꽃이 피는 해당화가 자랐고 지방명도 찔레였으니 작사가가 본 찔레는 해당화였을 것이다. 하지만 작사가가 강렬한 표현을 하고자 한 것인지 해당화를 찔레꽃으로 잘못 알고 쓴 건지는 굳이 따질 일은 아니다.

찔레꽃은 해맑은 햇살을 좋아해서 숲 가장자리의 양지바른 돌무더기는 찔레가 가장 즐겨하는 자람 터다. 긴 줄기를 이리저리 내밀어 울퉁불퉁한 돌무더기를 감쪽같이 감싼다. 그런 다음 5월의 따사로운 햇빛을 잘 구슬려 향긋한 꽃 내음을 만들어 낸다. 다섯 장의 꽃잎을 활짝 펼치고 가운데에 노란 꽃술을 소복이 담아 둔다. 꽃의 질박함이 유난히도 흰옷을 즐겨 입던 우리 민족의 정서에도 맞는 토종 꽃이다.

찔레꽃은 옛사람들에게는 아픔과 슬픔을 상징하는 꽃이기도 했다. 찔레꽃 필 무렵은 모내기가 한창인 계절이다. 이 무렵 가뭄이 잘 들어 '찔레꽃가뭄'이라고도 했다. 또 배고픔의 고통을 예견하는 꽃이었다. 찔레꽃 잎을 따서 입에 넣으면 아쉬우나마 배고픔을 잠시 잊게 해 주었다. 이어서 돋아나는 연한 찔레순은 껍질을 벗겨서 먹으면 약간 달콤한 맛까지 있었다. 빨간 열매는 겨울까지 남아 배고픈 산새나 들새의 먹이가 된다.

어찌 보면 애처로운 꽃이면서 동포의 애환을 함께한 꽃인데, 내 일찍이 잘 알고 지내던 J여사는 매년 4, 5월 찔레꽃이 필 무렵엔 가슴앓이를 한다니 그 또한 무슨 사연이 있는 걸까? 먼저 홀연히 떠나신 남편을 사모하는 정情 때문일까. 남겨진 일들을 여성이 짊어지기엔 벅차서일까. 하지만 의연하게 농장을 일구어 나가는 여사의 모습이 너무나 대견하다.

   내 집 초입의 찔레가 순백의 하얀 꽃을 피우니 여사의 근황이 궁금해진다. 올해는 다행히 찔레꽃가뭄도 없으니 가꾸는 인삼 농사가 풍년을 이루고 가격이 적정해서 여사의 가슴앓이가 치유되었으면 좋겠다. 조출경야귀독朝出耕夜歸讀(낮에는 들에 나가 일하고 저녁에는 집에 들어와 책을 읽는다. 유사어 청경우독淸耕雨讀)하시는 여사의 모습이 너무나 아름답다.

   "이별가를 불러 주던 못 잊을 사람은 이제 시간 속에 묻어 두고, 여생은 일을 줄이면서 필경筆耕으로 살찌우기 바랍니다. 열정을 응원합니다."

_ 2018. 05.

농업   137

혹을 밟고 사는 사람들은 그렇지 않은 사람에 비하여 병원에 가는 횟수가 적음과 더불어 말해주고 있다. 흑계가 자인을 벗삼으면 치유의 공간이 되고 인간 삶의 유토피아가 될 수 있다.

辛丑春日 수원 용산호우로피아中 省石學人

농산촌유토피아

해가 바뀔 때마다 연례행사로 치러지던 제야의 종소리 행사가 취소되고 전국의 해맞이 명소를 갈 수 없으니 집에나 있으란다.

2020년 한 해는 숫자의 의미만큼이나 경제가 나아지고 국민의 행복지수가 올라갈 것이라는 희망을 품고 새해를 맞이했었다. 하지만 일 년 내내 전대미문의 코로나 사태로 국민의 발은 묶이고 생업이 위협에 노출된 채 그 끝이 어딘지 모를 상황에 처하고 있다. 그나마 다행인 것은 우리나라가 인구 일천 명당 코로나 확진자 발생 숫자 면에서 세계 최저국이자 K방역이 세계적 모델이 되고 있는 점은 고무적이라고 생각한다.

코로나의 속성상 밀집·밀접·밀폐를 피해야 하니 이동을 자제해야 하고 각종의 모임을 할 수 없으니 집 밖에는 갈 곳이 없다. 다중이 모여야 생업이 가능한 업소들이 타격일 수밖에 없고 일자리가 줄고 세계 경제가 끝 모를 추락을 하고 있으니 수출입 비중이 큰 우리 경제야 말해 무엇 하겠나.

설상가상으로 수도권에서 촉발된 아파트값 상승은 전국의 도시로 확산되면서 집값 광풍이 불고 있다. 코로나 양성 판정을 받은 숫자가 도시 지역에서 60%를 차지하고, 도시의 집값이 천정부지인 것이 인구의 밀집 때문인 것은 삼척동자라도 아는 일이다.

농촌 문제 전문가이신 현의송 님께서 『농산촌유토피아를 아시나요』라는 책을 내셨다는 소식이 들려왔다. 당장 구입해서 읽었다. '문명사회의 난민 21세기 인류'로 시작하여 '농산촌은 인류를 구할 귀중한 공간'이라는 명제로 이 시대를 규명하고 있다. 현 작가님의 농산어촌에 대한 신념이 그의 활발한 연구와 현지 확인을 위하여 세계 각지를 누빈 탄탄한 경험을 바탕으로 하고 있다는 생각에서, 우리가 처한 코로나 사태, 도시의 집값 폭등을 비롯한 밀집 폐해와 맞물려 그 진가가 발휘될 것이라는 생각이 든다.

작가가 생각하는 농산촌유토피아의 꿈, 협동조합이 복지사회 실현의 역할을 할 수 있을 것이라는 '쿱토피아' 개념, 농촌도 위기, 도시도 위기인 사회 구조를 아름답고 살기 좋은 생태 공동체로 만들자는 주장에 크게 공감한다. 뒷부분에서 세계 농산촌유토피아 사례를 소개하면서 선진국으로 가는 필요조건은 농복연대農福連帶임을 강조하고 있다.

농촌에 아기 울음소리가 끊긴 지 오래다. 학생이 없는 학교가 언제 교문을 닫을지 모를 일이다. 고령화가 빨라지면서 빈집이 늘고, 마을이 없어지고, 읍면이 없어지고, 시군이 없어질 위기에 직면하고 있다. 농사일을 할 사람이 부족하여 코로나로 막힌 외국인 노동자가 돌아올 날만을 고대하고 있다.

쓰담 쓰담

그런가 하면 도시는 어떤가? 실업이 늘고 일자리가 부족하여 아우성이다. 집값이 천정부지라서 내 집 꿈은 점점 멀어진다. 전·월세로 개점한 상점들은 세를 낼 돈도 벌지 못한단다. 코로나가 인간의 활동을 묶어 놓으니 시가지는 활력을 잃은 공룡이 되고 있지 않은가.

현 작가가 농복연대를 주장했다면 나는 농도연대農都連帶를 주장하고 싶다. 도시에 내 집이 없는 가구가 농촌으로 이주하는 정책, 직장에서 물러나 연금으로 근근이 살아가는 도시인에게 농촌에서 일거리를 마련토록 하는 정책, 텅텅 비어 가는 농어촌학교를 노령인구의 공동주택 또는 요양원으로 활용하는 방안, 청년 실업자가 농업에서 스마트농장 같은 창업으로 고소득을 일굴 수 있도록 지원하는 정책, 도시민이 국내 농산물을 외국 농산물에 우선하여 구매·소비해 주는 상생 협력 방안 등은 도시와 농촌이 함께 번영하는 수단이 되지 않을까.

농업은 국민의 먹거리를 생산하는 일차 산업에 머물지 말고 이를 우수한 식품으로 가공하는 2차 산업으로, 도시 소비자에게 도달하는 유통구조를 개선하는 3차 산업, 농산어촌의 풍광과 인심을 상품화하는 4차 산업, 이들을 아우르는 5차, 6차 산업으로 발전하기를 바란다. 이를 선도할 주체는 당연히 농민과 도시민과 농협과 정부가 연대해야 가능하다고 본다.

특히 정부의 농업 투자는 아무리 강조해도 지나침이 없다. 우리나라는 국민 식량에 가축들이 먹는 사료를 포함한 총 식량자급률이 25%에 지나지 않는다. 국민의 먹거리 중에 쌀만은 우리가 자급하는 수준이 된 것은 정부의 정책이 주효했기 때문이다. 경지 정리와 기계화, 수리 안전 시책, 미질의 개선, 종자 개량 등에 힘써 온 결과다.

벼농사가 손쉬워진 것이 말해 주듯 모든 작목에 대한 생산, 가공, 유통, 소비에 이르는 전반의 지원을 아끼지 말아야 한다. 농업인의 소득 보장 못지않게 도시민이 안전한 먹거리를 싸게 공급받으려면 판매시설·저장시설·유통시설 등 인프라 구축이 필요한데, 이런 막대한 예산이 필요한 사업들은 농민과 도시민의 이해와 협력을 바탕으로 정부가 해야 할 몫이라고 본다.

세계 선진국 어느 나라를 보더라도 농촌을 버린 나라는 없다. 최소한의 먹거리는 자급을 하지 않으면 국민의 생명을 외세에 맡기는 꼴이 되기 때문이다. 그뿐인가. 자연과 멀어질수록 건강이 좋지 않다는 평범한 진리 앞에 코로나를 마주하면서 농산어촌의 자연환경에 눈을 돌리지 않을 수 없다. 농촌의 노령화가 급속도로 진전되면서 농촌 소멸을 걱정해야 하는 세상이 서글프다.

그럼에도 불구하고 노인이 자연과 더불어 여생을 보내기에 농촌은 안성맞춤이다. 흙을 밟고 사는 사람들은 그렇지 않은 사람에 비하여 병원에 가는 횟수가 적음은 이미 통계가 말해 주고 있다. 흙과 더불어 자연을 벗 삼으면 치유의 공간이 되고 인간 삶의 유토피아가 될 수 있다. '도시와 농촌의 균형 발전'은 위정자의 구호가 아니라 온 국민의 의식 속에서 싹이 터야 한다. 서울에 살고 있는 세자녀들에게 늘 강조하면서 농촌을 지킨다.

"부모 집을 세컨드하우스로 인식하면서 오도이촌五都二村[1]을 실천하라."

_ 2020. 세모에

---

1   오도이촌: 5일은 도시에서 2일은 농촌에서 생활하는 것을 말함.

若無農業是無國家

辛丑秋分節九月山房主人鳳村

약무농업시무국가 若無農業是無國家

이순신 장군이 국가와 민족이 누란의 위기에 처할 때마다 분연히 일어나 나라를 구해 온 역사의 주인공 호남인을 일컬어 '약무호남시무국가若無湖南是無國家'라고 했는데 오늘날 농업의 위기를 맞아 생각건대 '약무농업시무국가若無農業是無國家'(서예작품: 만약 농업이 없으면 국가도 없다.)가 아닐 수 없다.

해를 거듭할수록 봄 가뭄이 더해 간다. 주민이 공동으로 이용해 오고 있는 지하수도 공급해 줄 의욕이 나지 않았다. 지난해에 수확한 아로니아 생과를 다 팔지 못하고 1톤을 퇴비장에 버렸는데 애써 가꿔서 무엇 하나. 하늘이 주는 대로 쓰고 말겠다는 심보가 작동했고 원래 이 녀석이 가뭄에 강한 때문이기도 했다. 어쨌거나 내버려 뒀는데도 예상 수확량이 5톤은 될 듯싶다.

5년 전 귀농 5년 차이던 해 텃밭에 아로니아를 심었다. 종편방송이 연일 아로니아의 효능을 알렸고 옻나무, 콩 등을 심어 봤지만 소득이 마땅치 않은 데다가 '힘에 부치는 노동을 피할 수 없을까' 궁리 끝에 농사가 가장 수월하다는 아로니아를 마지막 작목으로 선택했다. 물론 판로를 감안해서였다.

소비가 안정돼 가던 블루베리가 수확기의 고온과 일손 부족으로 인하여 아로니아 작목으로 전환되는 추세였다. 당시만 해도 세계 생산량의 8할을 차지하는 폴란드산이 원액 형태로 일부 수입되는 정도였다. 생과 시세가 킬로그램당 3만 원을 호가하고 있어 수입 원액을 생과로 환산한 가격 1만 원을 훨씬 넘어서는 추세만 생각하고 한 결정이 단견短見일 줄이야….

기술센터를 통해서 연구회를 조직하는 데 선도적 역할을 자임했고 담양, 무주 등 지자체가 권장 육성하고 있는 지역을 견학하면서 고품질 생산에 주력했다. 농사를 '풀과의 전쟁'이라는 세간의 속설을 비웃기라도 하면서 연중 두세 차례 풀을 뽑고 무농약 재배로 친환경인증을 받아 왔다.

세계 각국과의 자유무역 협정은 경쟁적으로 체결되었고 어느덧 국민 소득 3만 불 시대가 열렸다. 2011년도 한 · EU자유무역협정으로 작년 한 해 폴란드산 아로니아가 분말로 560톤이 수입되면서 국내산은 설 자리를 잃었다.

한편으로 3만 불 소득 국민의 입맛에 아로니아는 상쾌한 맛은 못 된다. 높은 당도에도 불구하고 떫은맛 때문인데 약은 입에 쓰다지만 좌우간 생과 소비에는 걸림돌이다. 건강을 우선시하는 소비자는 생과를 우유, 두유 등 음료나 사과, 토마토 등 과일과 믹서해서 음용하지만 주부의 손길이 부담인 것도 소비 위축의 요인이다.

정부가 1차 · 2차 · 3차 산업을 아우르는 6차 산업을 권장하지만 생산 농가의 입장에서 언감생심焉敢生心이다. 6차 산업을 영위하는 농가가 간혹 있긴 하지만 다수의 농가는 원물로 유통해서 돈을 만져야 하는 실정인데, 아로니아를 수확해 봤자 팔 데가 없다며 수확을 포기하는 사례가 속출한다.

고심 끝에 아로니아를 캐내는 농가도 있지만 폐농보다는 태양광 시설을 검토해 보면 어떨까. 올해부터 작물 위에 태양광 시설을 해서 땅에는 작물 재배, 상부에서는 전기 생산이 가능한 영농형 태양광 시설을 보급한다고 하니 이를 통해서 자유무역으로 인한 농업인의 피해를 조금이라도 줄여 주면 좋을 성싶다.

2019년 추계에 의하면 농가 소득이 사천육만 원으로 다소 높아진 요인이 쌀값 인상과 소 · 돼지 등 고깃값이 오른 결과라고 하는데 자유무역시장이 5백 퍼센트가 넘는 쌀 관세를 그대로 놓아둘 리 없고, 육류 소비는 점점 줄어들 것이 예상된다. 더욱 심각한 것은 농촌의 노령화와 탈농 현상이다. 휴경지가 부지기수로 늘어 농업이 무너지고 있어도 '식량은 사다 먹으면 된다'는 인식이 위정자 또는 고위 공직자에게 있는 한 농업은 살아남기 어렵다.

농업을 포기한 선진국이 있는지를 묻지 않을 수 없다. 농업이 전 산업의 보루이며 국민의 먹거리 산업인데 전쟁이 나도 과연 걱정이 없을까. 전국에 산재한 논과 밭이 폐허가 된다면 국토 보전이 될 수 없는 건 누구나 다 아는 일. 돈으로 환산조차 어려운 농업의 비교역적 기능을 생각해야 한다. 농산·어촌이 폐허가 되고 도시인이 고향을 잃은 채 갈 곳이 없는 삭막한 세상을 떠올려 보라.

민생을 우선하는 문재인 정부 들어 농업은 더욱 홀대받는 산업이 돼 가는 듯하여 안타깝다. 농림식품부장관이 장기간 공석이거나 존재감이 보이지 않는다. 고임금에 안주하여 농민 편의는 안중에도 없는 농협도 혁신의 대상이다. 반세기를 굳건히 지켜 온 농협이 살아남기 위해서는 처절한 자기반성이 우선이다. '직원을 위한 농협이 아니라 농업인을 위한 농협' 구호가 백년하청이 되어서는 안 된다.

"아로니아를 보낼 테니 잘 부탁한다."는 전화를 가락공판장에 해 보지만 "오히려 쓰레기 처리 비용을 내야 한다."는 대답으로 응대해 온다. 아로니아가 익어 가니 재배 농업인의 한숨은 더욱 깊어 간다. 아로니아 뿐이라면 그래도 좋으련만…. 위기를 기회로 삼는 슬기를 모아 농업의 희망을 키우는 정부와 농협과 농업인이 되면 좋겠다. 농업이 없으면 국가도 없는 때문이다.

_ 2019. 08. 15.

쓰담 쓰담

4부
·

예술
Artist

大東千字文

天地覆載
日月照懸
人參兩間
父乾母坤
慈愛宜篤
孝奉必勤
兄弟同胎
夫婦合歡
委質為臣
事君如親
師其覺後
友與輔仁
苟昧紀常
邑若老翔
一九朝鮮
二聖檀箕

三韓鼎峙
四郡遠廳
五麗吞幷
六鎮廣拓
七酋內附
八條外薄
九城定域
十圖進屏
百濟句麗
徐代統均
刑京漢都
孔釋教殊
青邱勝境
白頭雄壔
黄楊帝廟
未裳史庫

대동천자문大東千字文

우리 천자문인 '대동천자문大東千字文'을 광개토태왕비 필의筆意로 썼다. 흔히 '천자문' 하면 중국 천자문을 일컫는다. "우리 천자문도 많은데 왜 많은 작가들이 중국 천자문을 베껴 쓰는가? 우리 천자문을 우리 글씨체로 써야 한다."는 향석 선생님의 단호한 지도를 받고서였다.

'천자문'은 중국의 양무제梁武帝(505~549)가 왕자들에게 글씨를 가르치고자 은철석殷鐵石에게 위나라 종요鍾繇와 동진 왕희지王羲之의 글씨 천자를 중복되지 않게 탑본해 오도록 했고, 이를 다시 주흥사周興嗣에게 운문으로 짓도록 해 만들어진 것으로 알려지고 있다.

한편, 『일본서기日本書紀』에는 '285년 백제 왕인이 논어 10권과 함께 천자문 1권을 일본에 전했다.'는 대목이 있다고 하니 주흥사 이전에 천자문이 존재하고 있었음을 짐작케 한다. '천자문'이 중국은 물론 일본과 우리나라 등 한자문화권에서는 독보적 학습서로 떠오른 것은 우주와 자연의 섭리, 인간의 도리와 처세의 교훈 등을 함축한 뛰어난 문학성 때문이란다.

'천자문'의 이러한 특성으로 국내에서도 많은 주해서와 서첩이 만들어졌다. 율곡 이이, 백사 이항복, 석봉 한호가 '천자문'을 써서 남겼고, 고금을 통하여 서예 작가들이 작품을 써서 전시를 하거나 교본으로 남기기도 한다.

'천자문'이 중국의 역사와 문화에 기초해서 쓴 것이라면 '대동천자문'과 함께 '천자동사千字東史'와 '조선역사천자문朝鮮歷史千字文', '해동천자문海東千字文' 등 우리의 역사·문화를 기초로 한 창작물이 40여 종에 이른다고 한다. 故 진태하 박사께서 학생 교육용 천자문을 최근에 펴내신 것도 우리 천자문으로서 불후의 명작이 아닐 수 없다.

우리 천자문도 대부분 중국의 영향을 크게 벗어나지 못한 반면 '대동천자문'은 우리 고유의 전통과 관련된 이야기를 우리나라의 자연환경과 역사, 유교적 바탕 위에서 만든 순수 우리 천자문이다. 염재念齋 김균金均이라는 학자가 삼십여 년의 집필 끝에 1948년 완성한 천자문이다.

완성은 해방 후이나 대부분 일제 침략하에서 독립의 의지를 불태우면서 집필한 것으로 알려져 있다. 구한말의 우국지사이자 학자였던 할아버지 김영상 옹의 뜻을 받들어 중복이 없는 일천 자로 구성하였다. 여덟 자를 한 구절로 하여 125절로 나누고 있다.

칠순 서예전을 앞두고 메인 작품으로 '대동천자문'을 쓰면 좋겠다는 생각을 가졌다. 웅천에서 후진 양성에 진력하시는 향석 선생님을 찾아뵈었다. 법고창신法古創新이니 이제는 우리 서체 보급에 힘쓸 때라며 소재를 정했으면 광개토태왕비체로 써 보라고 하셨다.

광개토태왕비는 압록강 건너 만주의 집안에 고구려 제20대 장수왕이 선왕인 광개토호태왕의 업적을 기리기 위해 414년에 세운 비碑이다. 평생 광개토태왕비를 연구하고, 재료를 모으고 재현하는 일에 몰두하신 결과 세계적 권위자가 되신 선생님의 가르침에 천착穿鑿하고자 하였다.

서체가 5세기 전후 고구려 전성기라 할 수 있는 양 왕조의 문화적 배경을 나타내듯 초기 예서의 조형을 근간으로 한문 서예의 다섯 서체인 전·예·해·행·초의 필법을 융합 활용함으로써 고구려의 독자적인 정서가 깃든 창조성을 띠고 있다. 우리 민족의 자긍심이자 상징이므로 이를 연습해서 써 보라고 하셨다.

녹음방초 짙어지고 더위가 시작되던 5월 생일부터 2개월여를 씨름했다. 광개토태왕비 비문碑文을 여러 차례 임서臨書하여 서체를 익히고 천자문을 쓰기 시작했지만, 비문에 없는 글자가 많아 필의筆意를 근접하느라 선생님을 여러 차례 괴롭혀 드렸다.

중국 천자문을 밤새워 완성하니 머리가 희어져 일명 백수문白首文이라고도 한다는데 우리 천자문인 '대동천자문'을 작문作文한 것도 아니요 붓으로 흉내를 냈을 뿐인데도 늘어난 흰머리가 눈에 밟힌다. 타고난 비재非材를 탓하면서도 '우리 천자문'을 '우리 글씨체'로 썼다는 점에 자긍심을 갖는다.(서예작품: 8 글짜 씩 125 문장인 대동천자문 중 16문장만 이 면에 게재하고 전문은 뒤편 부록 지상갤러리에 게재)

_ 2019. 7.

예술

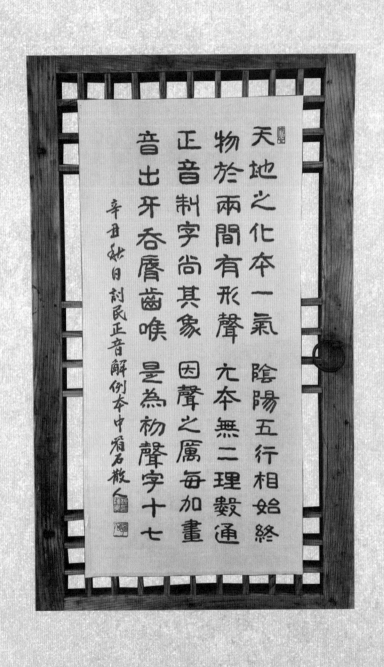

天地之化本一氣　陰陽五行相始終
物於兩間有形聲　元本無二理數通
正音制字尚其象　因聲之厲每加畫
音出牙舌脣齒喉　是為初聲字十七

辛丑秋日訓民正音解例本中有石毅人

동재東齋의 합창

법고창신法古創新(옛것을 따르는 가운데 새로움을 창조한다), 영·정조 때 실학자 박지원의 말로 전해지는 사자성어다. 『논어』「위정」편에 나오는 온고지신溫故知新과 같은 맥락이다. 옛것을 거울삼되 그것을 바탕으로 변화할 줄 알고 새로운 것을 만들어 가면서도 그 근본을 잃지 않아야 함을 이르는 말이다.

요즘 혼란스런 시사용어가 언론에 회자膾炙된다. 세태를 이르는 '혼밥', '혼술' 하면 밥이나 술을 혼자서 먹는 것을 말한다. 그런데 '혼방' 하면 어떤가? 혼자 쓰는 방(독방獨房)을 말하는지, 감옥에서 여러 사람이 함께 기거하는 방(혼방混房)을 말하는지 한자로 쓰지 않으면 혼란이 온다.

우리가 쓰고 있는 말 총 16만여 개의 어휘 중 한자어가 약 9만 개로 70%에 달한다. 이 중 80%가 동음이의어同音異義語라고 하니 한자 병용이 아닌 한글 전용으로는 정확한 의사 전달이 어려운 경우가 많다.

역사를 보면 어느 민족이든 문자보다는 언어가 먼저 존재하였다. 우리 민족은 문자 없이 상당한 시간을 보내오다가 처음으로 한자를 접하게 되었는데, 그것이 언제부터인지는 정확한 기록은 없다. 우리의 역사, 문화에 한자가 나타난 것은 수천 년이 되었다고 한다. 15세기 세종대왕이 훈민정음을 창제하기 이전의 우리 역사와 문화는 모두 한자로 되어 있으니 한자를 모르고서는 전통문화를 이해할 수 없는 것은 불문가지다.

우리는 세계가 부러워할 만큼의 언어 표기 수단으로 표음문자表音文字인 한글과 표의문자表意文字인 한자漢字를 동시에 가지고 있다. 따라서 이를 잘만 활용한다면 적확하고 안전한 의사소통이 가능한 가장 이상적인 문자 국가가 될 수 있다. 그런데도 1970년대 이후 '한글 전용' 교육 정책 실시로 어휘력이 약화되어 풍부하고 적확한 의사 교환이나 학문 연구가 어렵게 되었다. 정확성보다는 대충, 적당한 의미 파악으로 퇴화되고 있는 것이 현실이다.

예를 들면 풍비박산風飛雹散(우박이 바람에 날려 흩어짐)을 '풍지박산'으로, 삼수갑산三水甲山(북한 함경남도의 아주 험한 지역인 삼수군과 갑산군으로 고려 시대부터 죄인들을 귀양 보냈던 유배지)을 '산수갑산'으로, 절체절명絶體絶命(몸과 목숨을 끊을 만큼 절박한 상태)을 '절대절명'으로 사용한다.

우여곡절을 겪어 정착한 도로명 표기가 잘못된 것이 매우 많다는 말을 듣는다. 내가 사는 마을에 '활량길' 길 표기가 있는데 한자어 '한량閑良'의 오기誤記이지만 이제는 수정할 방법이 없다고 한다. 이렇게 뜻도 모르면서 비슷하게 얼버무리는 경향이 비일비재하다. 이같이 적당히, 대충하는 식으로는 첨단 과학국은 물론 일류 선진국이 될 수 없다.

우리 한글은 세계가 인정하는 훌륭한 글자임에 틀림없다. 1990년 영국의 옥스퍼드 대학이 세계 30여 개국 주요 문자의 합리성·과학성·독창성을 평가해서 그 순위를 매긴 결과, 우리 한글이 당당히 1등을 차지했다.

그뿐인가. 1997년 유네스코의 세계기록유산으로도 등재된 매우 자랑스러운 쾌거를 이뤘다. 만약 한글만으로도 의사소통이 완전히 될 수만 있다면 좋겠지만, 우리의 언어 역사는 한글만으로 표현함을 받아들일 수 없는 역사적 사실과 마주할 때 한자 병용이 최상이 아닐 수 없다.

전국한자교육추진총연합회에서는 '한자 학습은 초등학교부터 정규 시간에 상용한자를 가르쳐야 한다.'는 데에 목표를 두고 근 20여 년간 추진해 왔다. 역대 국무총리 전원 23명, 역대 교육부장관 13명, 서울시장 및 25개 구청장 전원이 지지 서명하였다. 2009년엔 교육과정평가원에서 한 여론 조사 결과 초등학생 학부모의 89%, 초등학교 교사의 77%가 찬성한 바 있다. 이런 결과에 힘입어 2018년부터 초등학교 교과서에 한자를 병기併記토록 권장하는 교과서 집필 기준이 마련되었고 부록이나마 교재가 보급되고 있다고 한다.

얼마 전 종중 재산 관련 송사가 있어 육십여 년 전에 국한문으로 작성된 종친회 규약을 법원에 제출했다가 한글로 토를 달아 오라는 판사의 증거 보완 명령을 받고 놀랐다. 최근 두斗자 광光자 이름을 쓰시는 분에게 우편물을 부치려고 우체국에 갔다가 이를 알아보지 못하는 직원을 대면하고는 정색을 한 일도 있었다. 문화원장으로 재직하는 동안 고서적 번역은 대학의 중어중문학과 교수 외에는 맡길 데가 없고, 우리나라 근현대사도 직원들이 한자를 몰라 쩔쩔매는 지경을 보면서 한자 교육이 시급하다는 인식을 떨칠 수 없었다.

요즘 들어 평생교육이 활발하게 이루어지고 있다. 읍·면·동 지역의 노인대학, 주민자치센터, 복지센터 등에서 많은 프로그램들이 진행되고 있고 마을회관, 학교, 향교 등 빈 공간은 차고 넘친다. 기초한자라도 학습하는 과정이 늘어나면 좋겠지 싶다.

내가 지도하는 면 단위 복지센터에 붓글씨 공부하러 오시는 어른들이 주경야학晝耕夜學하는 모습에서 말년의 행복을 느낀다. 배움을 최고의 가치로 삼았기에 벼슬을 못한 망자를 '학생부군學生府君'으로 칭하여 신위로 모시지 않는가. 한자의 기초, 상용한자만이라도 가르쳐서 법고창신으로 가는 것이 국격의 차원을 높이는 일이 아닐까 싶다.

2월부터는 당진시 평생교육 지원으로 면천향교에서 천자문 학습반을 열고 있다. 한자, 한시漢詩에 권위 있는 분께서 강의를 맡아 하시고 수강생들의 열기가 한기寒氣를 녹이는 동재東齋에 생기가 돌고 있다. '하늘 천, 땅 지….' 면천읍성 복원 굉음이 한자 읽는 소리를 만나 시민의 의식을 깨우는 합창이 되기를 기대한다.

(서예작품: 훈민정음 해례본 중, 天地之化本一氣천지지화본일기 하늘과 땅의 조화는 본디 하나의 기운이라 / 陰陽五行相始終음양오행상시종 음양과 오행

이 서로 처음과 끝이로다 / 物於兩間有形聲물어양간유형성 만물이 하늘과 땅 사이에서 끝과 소리 있으되 / 元本無二理數通원본무이리수통 근본은 둘이 아니니 이치와 수로 통하도다 / 正音制字尚其象정음제자상기상 정음의 글자 만듦에 모양 본뜨기를 존중하되 / 因聲之屬每可劃인성지려매가획 소리의 세기에 따라 획을 더하였다. / 音出牙舌脣齒喉음출아널순치후 소리는 어금니, 혀, 입술, 이, 목구멍에서 나니 / 是爲初聲字十七시위초성자십칠 그러므로 초성자를 17로 한다. - 우리글 한글의 제자원리는 감탄을 금할 수 없다.)

_ 2019. 02. 11. / 2021. 06. 23. 수정

草衣人三四於塵世外遊洞深花意
懶山疊水聲曲短巘盃中畫長風
袖裏秋白雲巖下起歸路鴛青牛

戊戌夏至節兔峰宋翼弼先生詩遊南嶽眉石柳鍾寅

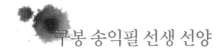

구봉 송익필 선생 선양

草衣人三四 초의인삼사

초의를 걸친 서너 사람

於塵世外遊 어진세외유

세상 밖에서 유람하는구나

洞深花意懶 [1] 동심화의라

골짜기 깊어 꽃 마음 게으르고

山疊水聲有 산첩수성유

산이 첩첩하여 물소리 그윽하다

短嶽盃中畵 단악배중화

낮은 산은 술잔 속 그림이요

---

1 懶: 게으를 라

白雲巖下起　백운암하기

흰 구름은 바위 아래서 일고

歸路駕 ² 靑牛　귀로가청우

돌아오는 길 검은 소 타고 온다

구봉龜峰 송익필宋翼弼 선생의 시詩「유남악遊南嶽」이다. 구봉의 본관은
여산礪山, 자는 운장雲長이다. 율곡 이이와 우계 성혼 등과 교유하면서
편지글을 남겼는데, 송익필의 문집인『구봉집』을 통해서 삼현수간으로
전해 내려온다. 당대 시의 삼걸이요 팔 문장가였으며, 예학자로서 사계
김장생, 신독재 김집 등을 제자로 둔 교육자이기도 하다.

구봉은 1534년(중종 29년)에 서울에서 4남 1녀 중 3남으로 태어났다.
이때 그의 아버지 송사련이 당상관 벼슬을 하고 있었는데 구봉이 태어
나기 13년 전 좌의정을 지낸 안당의 집안과 심각하게 대립되면서 구봉
의 일생은 풍파에 휩싸인다. 또한 할머니가 안돈후와 비첩 사이에서 태
어나 구봉은 서얼庶孼이라는 굴레가 평생을 옥죄어 과거를 볼 수 없었고
출세의 길이 막히고 말았다. 과거를 단념하고 경기도 고양 구봉산 아래
서 학문을 닦으며 후진을 가르쳤다.

2 　駕: 탈 가

조선 선조 8년(1575년)은 조선 시대 동서 붕당 정쟁의 원년이었다. 동인 측에서 율곡을 국정문란죄로 성토하자, 우계와 이귀 등이 구명 상소를 올려 율곡 탄핵이 좌절되었다. 그러자 동인 측에서는 구봉이 상소문의 초抄를 잡아 준 서인의 모주謀主라고 믿고 구봉 제거책을 찾게 된다.

안당 집안의 공격으로 구봉 일가가 노비로 환천 된다. 구봉 일가는 구명책을 찾아 도주하였고 구봉도 이산해, 정철, 김장생, 조헌 등의 집을 전전하다가 선조 24년(1591년) 조정에서 체포령이 내려지자 자수하니 평안도 희천으로 유배되었다. 선조 26년 9월에 유배에서 풀려나 유랑하며 친구나 제자의 집에서 지내다가 1596년부터 1599년까지 충청도 마양촌의 김진려 집에서 만년을 보냈다고 한다.

마양촌은 오늘날 당진시 송산면 매곡리이며 구봉이 숨어 살았다하여 은곡隱谷이라는 마을 이름이 생겼고, 뒷산은 성인이 머물면서 글을 짓고 읊었다 하여 성주산聖主山이라 불린다고 한다. 향년 66세로 타계하니 호서 지방의 유림들이 몰려들어 지금의 원당동 묘역산을 성금으로 매입하고 유림장으로 장례를 모셨다고 한다. 구봉 선생이 인간의 한계를 초월한 성인이라 칭하여 입한재立限齋라 명명한 사당에서 구봉선양사업회와 당진문화원이 당진향교의 도움을 받아 매년 음력 시월 초하룻날 제향을 올리고 있다.

경기도 파주와 우리 당진은 구봉 선생이 기거하면서 후학을 가르쳤기에 기념사업을 이어 가고 있고, 충남대학교와 전북대학교에서는 학술

회의를 개최하고 있다. 여러 회를 거듭하면서 그의 학자적 기품과 기인
으로서의 면모는 어느 정도 밝혀졌다고 본다.

삼현수간에서도 이이가 구봉에게 학술적 질의를 계속한 것으로 볼
때, 예학과 도학에 뛰어났던 분임을 읽을 수 있다. 인간은 학문의 경지
가 높아지면 어느 날 갑자기 보지 않아도 천 리가 보이며, 듣지 않아도
들리고, 배우려 하지 않아도 물리가 트이는 기인奇人이 된다고 하는데
구봉이 바로 그런 분이셨다고 생각된다.

당진문화원장을 역임(2014~2018)하면서 구봉 학술회의, 구봉 선생
추모 학생 시 · 서 · 화 전국 공모전, 설화집 발간 등의 사업을 해 왔지
만 파주의 율곡기념관과 우계기념관, 논산의 돈암서원, 대전의 우암공
원 등에 비하면 당진의 구봉 선양 사업이 한없이 빈약함을 아쉽게 생각
해 왔다.

구봉을 시대의 최고 성인으로, 인류를 교화시킨 하느님과 같은 존재
로 받들어 모시는 대전의 윤재남 선생이 전하는 구봉 관련 설화는 신비
로움 그 자체다. 당진시가 문화도시로 발전하기 위해서도 이 분야 정립
과 대대적인 선양 사업이 꼭 필요하지 싶다.

구봉의 학덕을 아는 전국의 유생들 중 어떤 이들은 제물을 준비해 와
서 제향을 올리고 묘역을 들러 가는 숫자가 적지 않다. 어떤 경우는 버
스로 왔다가 길이 좁고 버스를 돌리지 못하여 애를 먹고 있는 실정이니

쓰담 쓰담

묘역의 정비가 시급하다. 출세를 하지 못하고 초야에 묻혀 일생을 보냈다고 해서 성인이 성인의 대접을 받지 못한대서야 되겠나.

　더구나 요즘 세상은 없는 사실도 설화를 선점하여 고장을 알리는 사업에 열을 올리는 지역도 있다. 구봉을 선양하는 사업은 당진의 문화 콘텐츠를 업그레이드하는 일이 될 것이라는 확신을 갖게 한다.

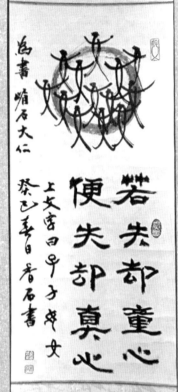

若失却童心
便失却真心

為書 晴石大仁

上文字曰 赤子之女
癸巳春日 晉石書

동심 童心

'약실각동심 편실각진심若失却童心 便失却眞心'을 써 주셔서 선물로 받은 은사 향석 선생님 작품이다. 만약 동심을 잃어버리게 되면 한편으로 진심을 잃게 되니 평생 동심을 잃지 말고 살라는 경구다.

베르나르 베르베르의 『웃음』이란 책에 이런 이야기가 나온다. 2세 때는 똥오줌 가리는 게 자랑거리, 3세 때는 이(치齒)가 나는 게 자랑거리, 12세 때는 친구들이 있다는 게 자랑거리, 18세 때는 자동차 운전할 수 있다는 게 자랑거리, 20세 때는 사랑을 할 수 있다는 게 자랑거리, 35세 때는 돈이 많은 게 자랑거리, 그다음이 50인데 이때부터는 자랑거리가 거꾸로 된다고 한다.

50세 때는 돈이 많은 게 자랑거리, 60세 때는 사랑을 할 수 있다는 게 자랑거리, 70세 때는 자동차를 운전할 수 있다는 게 자랑거리, 75세 때는 친구들이 남아 있다는 게 자랑거리, 80세 때는 이가 남아 있다는 게 자랑거리, 85세 때는 똥오줌을 가릴 수 있다는 게 자랑거리, 그렇게 보면 우리 일생은 똥오줌 가리는 것 배워서 자랑스러워하다가 사는 동안 내 손으로 가리는 걸로 마감한다는 얘기다.

아이가 이 세상을 나와 엄마와 눈을 마주칠 때 해맑은 눈으로 나누는 말에서 그 아이는 욕심이라고는 찾아보기 어렵다. 인仁, 의義, 예禮, 지智의 본성을 타고나지만 그런 아이가 성장하면서 희喜, 로努, 애愛, 락樂, 애哀, 오惡, 욕欲 칠정에 물들기 시작하여 거짓과 위선이 잦아들게 된다. 손자녀 다섯을 보면서 한 살 때의 순수성만 가지고 살아가길 바라지만, 어찌 보면 그것은 공허한 욕심에 불과하다는 생각을 지울 수 없다.

워즈워스가 '어린이는 어른의 아버지'라고 표현한 시 「무지개」가 생각난다.

하늘의 무지개를 볼 때마다
내 가슴 설레느니,
나 어린 시절에 그러했고
다 자란 오늘에도 매한가지
쉰 예순에도 그렇지 못하다면
차라리 죽음이 나으리라
어린이는 어른의 아버지
바라노니 나의 하루하루가
자연의 믿음에 매어지고자
하늘에 무지개 바라보면
내 마음 뛰노나니,
나 어려서 그러하였고

쓰담 쓰담

어른 된 지금도 그러하거늘

나 늙어서도 그리할지어다

아니면 이제라도 나의 목숨 거둬 가소서

어린이는 어른의 아버지

원하노니 내 생애의 하루하루가

전생의 경건한 마음으로 이어질진저…

추사 김정희 선생은 불후의 많은 작품을 남겼지만 71세로 작고하기 3일 전에 썼다는 『판전板殿』이야말로 아무런 치장이나 욕심이 없이 쓴 작품으로 전해진다. 봉은사 판전각板殿閣에 걸린 이 작품 71과병중작七一果病中作이라고 쓴 낙관 글씨에서 보듯 죽을 때가 되면 본심이 돌아와 어린아이처럼 천심이 된다고 한다.

이제 내 나이 칠십을 넘겨 망팔望八이 되고 보니 마음이 분주해진다. 저세상의 부름이 얼마 남지 않았는데 그동안 세상을 어지럽힌 자국을 어지간히 청소해야 한다 생각해서다. 생활 주변에 널브러진 책이며, 당장 쓸 일 없는 생활 도구와 옷가지, 빛바랜 사진 등 자료…. 내가 가고 나면 아이들이 치우기에 얼마나 부담이 될까. 내 정신이 맑을 때 정리하는 게 좋을 성싶다.

기억에 남기고 싶은 것은 자서전에 담으면 되지 않을까 생각해 본다. 정리해야 할 여러 가지 일 중에 이들은 시간이 해결할 일이니 과히 어렵지 않겠다. 문제는 인연을 스쳐 간 많은 이들에게 진 빚을 갚을 길이 막

예술

막하다. 어찌 보면 남은 인생을 동심으로 살아 주변의 사람들에게 부드러운 사람, 욕심 없는 사람, 법 없어도 살 사람으로 인정받으면 되지 않을까. 그래서 진심을 잃지 않는 사람, 덕망을 쌓는 사람이 되어 보자.

언제라도 정원을 지키는 '대인춘풍對人春 지기추상風持己秋霜' 항아리 글씨를 집을 드나들면서 뇌에 새긴다. 상대방의 잘못이나 허물은 그냥 씨~익 웃어 주자. 하지만 나의 자세는 가을에 내리는 서릿발처럼 다스려야 한다. 법과 원칙을 지켜서 타인에게 어려움을 주지 않는 사람이어야 하겠지.

어떤 정치인의 말처럼 법은 '아름다운 원칙'임에 틀림없다. 인간이 어우러져 사는 데는 법이라는 공동의 약속이 있으니 스스로의 판단으로 선과 악을 구분함이 없이 법은 지켜야 할 것이며, 상대방에게는 봄바람처럼 부드러운 사람이 되어 보자. 동심으로 돌아가는 길밖에 없다. 약실각동심 편실각진심若失却童心 便失却眞心이다.

施惠不念受惠不忘 시혜불념수혜불망

베푼 은혜는 괘념치 말고 입은 은혜는 잊어서는 안 된다

一日不讀書口中生荊棘

庚戌晉於旅順獄中 大韓國人安重根書

쓰담 쓰담

일생을 살아오면서 어려움이 있을 때마다 마음으로 또는 머리로 쓰담을 받는다는 건 누구에게나 잊히지 않는 기억으로 남을 것이다. 나에게도 세 가지의 쓰담은 인생의 고비를 넘을 때마다 큰 교훈이 아닐 수 없었다.

내가 태어난 고향을 떠나 인근 타군에 소재한 농업고등학교에 진학하여 학업을 이어 가는 일은 너무나 어려움이 많았다. 수업료를 제때에 보내 주시지 못하는 어머니의 농촌 생활은 초근목피草根木皮나 다름없었다. 농업으로 얻어지는 수입이 워낙 적었거니와 내 밑으로 다섯 동생이 어머니만 쳐다보고 있었으니 내가 공부에 전념할 수가 없었다.

학업을 계속해야 할지, 아니면 자퇴를 하고 생활 전선으로 나서야 할지를 망설일 때 유학지 같은 마을에 사시는 명明○○ 선생님을 찾아뵌 적이 있었다. 사정을 다 들으신 선생님은 "참 어렵겠구나!" 하고 위로해 주시더니 "시간이 해결할 문제이니 조금만 더 기다려 보고, 고민한다고 해결될 문제가 아닌 듯하니 너무 상심하지 말라." 하셨다. 선생님의 쓰담이 머리에 박혀 무엇이든지 일이 잘 풀리지 않을 때는 '시간이 해결하겠지.' 하는 자위로 어려움을 이겨 낼 수 있었다.

예술

고등학교를 졸업하고 첫 직장에 들어가 생활고가 어느 정도 나아져 갈 무렵, 동료들과 함께했던 무주의 탑사塔寺 여행 중 머리를 섬광과 같이 지나가는 어떤 선각자의 쓰담이 있었다. 무수한 돌탑으로 유명한 탑사여서 어느 탑의 모서리를 도는 순간 탑신의 중앙 탑 돌에 새겨진 글씨 '시혜불념 수혜불망 施惠不念 受惠不忘' 여덟 글자가 눈에 들어온 것이다.

직역하자면 '혜택을 베풀었거든 잊어버리고, 만약 혜택을 입었거든 잊어서는 안 된다.'는 경구였는데 20대에 얻은 교훈이지만 평생 잊히지 않고 생활의 모토가 되었다. 어떤 선현의 말씀인지는 모르지만 만약 이 쓰담이 없었다면 베풀고 난 후에 반대급부를 생각했을 것이고, 은혜를 입고서도 고마움을 잊어버리기 일쑤가 되지 않았을까 하는 생각이 든다.

30대에 직장의 상사로부터 받은 쓰담은 내 인생의 철학이 되었다. '진실은 언젠가는 밝혀지며 거짓은 영원히 감출 수 없다.', '세상에 비밀은 없다.'며 사필귀정事必歸正을 늘 강조하셨다. 어느 위치에서 어떤 일을 하든지 이 네 글자를 잊어 본 적이 없다. 편법을 생각하다가도 사필귀정을 떠올려 일 처리를 하고 나면, 시간이 흐른 뒤 편법을 따르지 않은 것이 얼마나 다행스럽게 생각되던지 늘 그랬던 기억뿐이다.

어렸을 때 증조부 곁에서 잠을 들라치면 머리를 쓰다듬어 주셨고, 고등학교 시절 할머니께서 머리에 손을 얹고 기도해 주시던 쓰담이 기억에 또렷하다. 성장 과정에서 십 대, 이십 대, 삼십 대에 마음속에 박히는 쓰담을 받았으니 인생의 좌표가 된 것이 결코 우연이 아니다.

 사십 대에 시작한 붓글씨는 삼십여 년이 흐르면서 나의 일상이 되었다. 대전에 근무할 때였다. 직장에서 고대했던 승진이 되지 않아 장암 이곤순 선생님을 찾아가 마음을 달래는 수단으로 시작한 서예가 평생의 취미로 굳어진 건 탁월한 선택의 하나였다. 소재를 찾느라고 고서를 뒤지거나 컴퓨터 검색을 하다 보면 그렇고, 한 글자 한 획을 화선지 위에 쓰다 보면 흐르는 시간이 온전한 내 것임을 절감한다. 잡념이나 허튼 생각이 자리할 틈을 허락하지 않는다.

 전 직장에서 정년으로 퇴임한 후 지방문화원을 운영하면서 많은 책들을 발간하게 되었는데, 글쓰기의 필요성을 절감했다. 각종 행사장에서 해야 하는 인사말, 책의 머리를 장식하는 발간사, 나만의 작품집을 가지고 싶은 욕망들이 수필을 만난 동기가 되었다.

 이제 내가 공부한 붓글씨를 써서 담고, 수필을 써서 담아 내 작품을 읽는 독자에게 쓰담이 되어 주고 싶다. 부족하고, 내놓고 자랑할 것은 못 되지만 한 책에서 붓글씨 작품도 감상하고 글도 읽을 수 있다면 의미가 없지 않다고 생각된다. 붓글씨든 수필이든 붓을 사용하는 장르이니 이 또한 융복합인문학이 아니랴…. '쓰담'의 본래 의미에 더하여 '써서 담는다'는 의미를 차용해 본다.

 『현대수필』을 발행하였으며 한국수필학회를 창립하신 윤재천 수필가는 '골방수필을 벗어나 퓨전수필, 아방가르드 글쓰기 마당수필, 융합수필 같은 실험수필 등 수필 문학의 다양성'을 강조하고 있다. 책을 읽는 독자보다 책을 펴내는 작가가 많다는 비판도 모르는 바 아니나 스마트 폰 등 전자기기에 경도된 읽을거리가 책으로 이동되는 희망을 품어 본다.

컴퓨터 문명이 붓글씨든 종이 책이든 골방 뒤꼍으로 몰아낸 건 현실이지만, 쓰담의 수단으로 책의 위력이 여전한 건 숨길 수 없다. 무슨 일을 접하든 책 속에 길이 있음은 자명하고 책을 읽는 만큼 머리가 성숙됨은 분명한 이치다. '일일부독서 구중생형극一日不讀書 口中生荊棘'[1]을 일필휘지한 안중근 의사의 유묵遺墨은 매일 나를 새롭게 깨우는 쓰담이 되고 있다.

---

[1] 일일부독서 구중생형극 一日不讀書 口中生荊棘: 안중근 의사의 유묵. 여순 감옥에서 간수에게 써 주었기 때문에 낙관 없이 수인이 찍혀 있다. 양심적인 간수의 반환으로 보물 제569-2호가 되었다. '하루라도 책을 읽지 않으면 입안에 가시가 돋는다'는 뜻이다.

頭童齒闊 두동치활

머리가 벗겨지고 이가 빠져 성기다는 뜻. 늙은이의 얼굴을 뜻하는 말

一手杖執又一手荊棘握
老道荊棘防来白髮杖打
白髮自先知近来道

辛丑秋分節錄禹偉先生詩喚老歌眉石廬主鍾英

미장원에 간 남자

一手杖執又 ^{일수장집우}

한 손에 막대 잡고 또

一手荊棘握 ^{일수형극악}

한 손에 가시 쥐어

老道荊棘防 ^{노도형극방}

늙는 길 가시로 막고

來白髮杖打 ^{래백발장타}

오는 백발 막대로 치렸더니

白髮自先知近來道 ^{백발자선지근래도}

백발이 제 먼저 알고 지름길로 오더라.

고려 말 우탁禹倬의 「탄로가嘆老歌」 일부다. '한 가지 머리 모양으로 열 가지 흉을 가린다.'는 속담이 말해 주듯이 누구에게나 신경 쓰이는 부분이지만 나이를 먹을수록 머리 관리가 어렵다.

젊어서 한때는 머리숱이 너무 많고 뻣뻣해서 드라이어기를 사용하지 않을 수 없었다. 무상한 세월은 머리의 숱을 앗아 가고 힘없이 주저앉아 어떤 대책이 있어야 했다. 힘이 없거들랑 빠지지나 말아야 할 텐데 이도 저도 속절없어할 때 주변에서 미장원엘 가란다.

나는 젊어서부터 머리에 신경을 많이 써 온 터였다. 좌 또는 우로 가르마를 타고 머리카락 한 올이라도 흐트러지면 빗질을 해 왔다. 나이를 먹으면서도 새치가 없어 나름 머리 좋다는 평을 들을 때마다 머리는 좋다(?)고 응수했건만 머리에 이발총[1]이 생긴 모양으로 소갈머리가 없다고 해야 하나, 그냥 내버려 둘 수가 없다는 생각이 들었다.

자고로 남자들은 대부분 이발소를 이용하고 여성들은 미용실을 이용해 왔는데, 근래 남성들의 미용실 이용이 대세가 되면서 이발소는 쇠퇴의 길을 걷고 있는 듯하다. 따라서 남성 미용사가 새로운 직업군으로 각광받고 있는 가운데 나의 연령대에서는 많은 사람들이 목욕탕에서 머리를 손질한다.

---

1   이발총: '기계총'의 방언. 머리맡에 피부사상균이 침입하여 일어나는 피부병인 두부백선頭部白癬을 이르는 말. 머리에 둥글고 흰 부분이 군데군데 생기며 그 부분의 머리털은 윤기가 없어지고 부서지거나 빠진다.

쓰담 쓰담

나의 경우도 편리를 좇아 그렇게 해 오고 있는데, 지금의 이발사는 머리에 대한 연구는 안 하고 시국에 대한 주장을 너무 강하게 하는 등 꼴통 보수에 가까워 그의 말을 들어 주기가 역겨울 때도 있었다. 어찌 되었건 머리 모양을 컴퓨터로 모니터링하여 스타일을 고객이 선택하면 얼마나 좋을까 하는 생각을 해 왔고, 머리 손질을 어떻게 하라는 조언을 듣기 원했지만 그런 의욕도, 능력도 없어 보였다.

그러구러 수년을 유지해 왔는데 요즘 수필학습반에 미용실 원장 두 분이 회원으로 들어왔고 이들의 권유로 미용실을 찾게 되었다. 먼저 손 아무개 원장을 찾아갔다. 컴퓨터 모니터링은 아니라도 휴대폰 화면에 나의 두상과 두피를 띄워 설명을 하면서 파마를 권유하는 것이 아닌가. 20대 초반부터 기른 머리를 한 가지 스타일로 유지해 왔는데 내 나이에 낯선 파마를 하라니 적잖이 망설이다가 강권에 못 이겨 원장에게 내맡기고 말았다. 오십 년 만의 반란이었다.

왠지 어색했지만 무려 7개 대학에서 미용을 전공했고 협회 지부장을 역임한 그의 능력에 반해 흡족한 기분으로 미용실을 나섰다. 만나는 사람마다 '파마하셨네요.', '좋아 보여요.' 하는데, 의도된 덕담이 아닐까 싶은데도 '포장 개선 좀 했습니다.', '어울리나요?' 하면서 잘 봐 달라는 속내를 감추곤 했다.

업장에서 권해 준 샴푸와 트리트먼트를 사용하고 빗질이 필요 없이 그냥 털어 주면 되니 머리에 쓰는 신경이 훨씬 줄었을 뿐 아니라 파마가 머리숱을 더해 주는 기분이다. 지위와 나이의 고하간에 미용실을 이용하고 파마를 하고 다녔던 분들에 대한 이해는 물론 오히려 존경의 마음이 일었다.

세상이 워낙 빠른 속도로 변하고 있는데도 이발소들은 반세기 전 모습에서 큰 변화가 없다. 1·2·3차 산업혁명을 지나 4차 산업혁명의 AI 시대를 살고 있다. 로봇이 인간의 질병을 진찰하고 수술하는 시대, 변호사와 대학 교수를 로봇이 대신하고, 자율주행 차량이 등장하는 시대가 오고 있다. 로봇이 인간의 머리를 관리할 시대도 멀지 않을 성싶은데 반세기 전 '돼지 젖 먹는 그림'을 아직도 걸어 놓고 고객을 맞이하는 이발소가 있다면 그의 몰락을 예견하는 건 어렵지 않다.

자기 직업에 자긍심을 가지고 여러 개 대학의 전공과목을 찾아 학구의 열을 불사른 손 원장, 혼기를 놓치면서까지 자기 직업에 자긍심을 가지고 최고의 경지에 오른 강 원장. 두 분께 감사와 응원의 박수를 보낸다. 나 또한 무한 변신을 요구받는 시대에 오십 년 만의 반란은 늦은 감이 있으나 미장원에 간 남자로 자부심을 갖는다.

花香千里 화양천리　茶香萬里 다향만리

꽃향기는 천 리를 가고 차 향기는 만 리를 간다

죽로지실竹爐之室

손님을 초대하거나 지나는 길손이 들렀을 때 차를 마시며 담소할 수 있는 공간으로 별채를 사용한다. 누추하기 짝이 없는 좁은 공간에 추사 선생의 서예 작품 '죽로지실竹爐之室'을 걸어 놓고 고상한 척하는 내 모습을 남들은 어떻게 볼지는 모르는 일이지만 나름의 편리를 좇아 하고 있다.

차실을 마련하기 전에는 정자에 걸어 둔 종을 쳐서 안채의 집 안에 있는 아내에게 차를 주문하고 날라 오도록 했었는데 그 후로는 내가 물을 끓여서 대접하고 다기茶器를 닦아서 잘 보관했다가 다음 손님을 맞이한다.

내가 추사 선생의 글씨를 차용한 것은 전 직장에서 예산에 근무할 때 추사의 작품 복제본 여러 점을 구해 왔는데, 별채를 짓고 차실을 꾸미면서 시작되었다. 퇴임 후에는 추사 고택에서 문화해설사로 일했으면 좋겠다는 생각을 할 정도로 추사 선생에 푹 빠져 있었다.

추사는 벗 황상이 차를 선물로 보내오자 답례로 '竹爐之室' 네 글자를 써 주었다고 전하는데 여기서 '竹爐'는 대나무로 겉을 감싸서 뜨겁지 않

게 만든 화로를 말하며, '之室'은 차를 끓이는 죽로가 있는 방이라는 뜻
이다.

전면의 '죽로지실竹爐之室' 편액扁額은 추사체 특유의 필획으로 쓴 작품이
며 호암미술관에 소장되어 있다. 대부분 추사체에서 보듯이 강하고 부드
러운 반면 굵고 가는 선, 작고 큰 필획이 어우러져 전체적인 균형감을
갖는 것이 특징이다.

'죽竹' 자를 보면 왼쪽 변은 강하고 힘찬 획으로 쓰고, 오른쪽 '방傍'은
곡선으로 힘차나 부드러운 원형으로 쓰고 있다. '로爐' 자는 불 '화火' 변
을 아주 작고 좁게 위로 붙여 썼으나, 오른쪽 '로盧' 변은 열 줄의 수평
획을 일정한 간격으로 촘촘하게 펼쳐 썼다. '지之' 자는 전서의 형태를
살려 곡선으로 처리하여 부드럽게 보인다. '실室' 자는 전서의 형태를 따
르지만 갓머리의 양쪽 끝을 마치 처마가 내려온 듯 지붕의 모양을 그려
냈다. 갓머리 밑의 '지至' 자는 팔각형의 넓은 창 모양을 해서 시원스런
방과 창의 이미지를 그려 내고 있다.

이같이 네 글자는 서로 바짝 붙어 있어 긴장감을 더한다. '로爐' 자의
불 '화火' 변과 '실室' 자의 갓머리 오른쪽 획은 옆의 획수가 적은 갈 '지之'
자 양옆에 바짝 붙여 쓰고 있다. 이렇게 바짝 붙어서 나오는 긴장감을
오른쪽 원형의 공간과 '室' 자의 팔각형 창문 모양이 마주하여 이완시키
고 있다. 볼수록 신기한 것은 대나무가 곧으면서도 굽은 것이 섞여 있
고 화로에는 다리 굽이 네 개이면서 찻물을 데우는 불이 살아 있는 듯하

다. 갈 '之' 또한 차 달이는 김이 모락모락 오르는 느낌이, 집 '실室' 자는 찻주전자가 놓여 있는 방이 언뜻 떠오른다.

마주한 손님에게 이런 설명을 늘어놓다 보면 시간 가는 줄 모르는 사이 찻물은 이미 끓어 김을 토해 낸다. 차 맛은 사용하는 물의 종류에 따라, 불의 강도에 따라, 찻잔에 따라 다르다고 하지만 이를 구별할 수 있는 경지에는 크게 미치지 못하고 있다.

추사가 이 글씨를 쓸 당시야 나무를 땐 불이었겠지만 지금 시대에 쓰는 불은 비교할 수 없는 다양한 기구들이 사용되고 있으면서도 옛 선비들의 정취를 따르지 못하는 것도 사실이지 싶다. 도시와 농촌을 가릴 것 없이 곳곳에 커피숍이 우후죽순으로 생겨 달달한 맛을 유혹하고 있으니 나 같은 늙쟁이나 궁상떨 일이지만 이게 좋은 걸 어쩌나.

찻거리를 더러 사기도 하지만 여기저기서 얻어 와 마시는 기분도 쏠쏠하다. 천안에 사시는 차인회 회장이 준 전통차야말로 폭염을 겪는 올여름을 나기에 안성맞춤이다. 버섯차, 무말랭이차, 초석잠차, 쑥차를 달여 마시니 이열치열 정신이 맑아진다.

차(茶) 생활을 즐기는 사람을 여럿 봐 왔다. 비용이 만만치 않게 들어가고, 오랜 시간을 투여해야 하며 품격을 높여야 하기 때문인지 고급스런 다구茶具와 차 재료를 사 모으는 명인이 많았다. 그뿐 아니라 개인 집에 차려 놓은 차 공방은 진귀한 물건들로 고색古色이 찬연함에 혀를 내두른 적이 한두 번이 아니었다. 명인들은 때로는 각 지역의 명인을 찾아 서로서로 흉허물 없이 묵어도 가면서 상호 호연지기를 기른다니 명인들의 생활은 상상만 해도 부럽다.

이런 예스럽고 멋진 생활은 언감생심이지만 농촌 생활에 쉴 틈 없이 일에 묻혀 지내다가도 잠시 잠시 쉬면서 차 한 모금으로 객기를 달랠 수 있는 것을 픽 다행스럽게 생각한다. 모든 욕심 내려놓고 머리를 식혀 보자. 추사가 벗 황상에게 작품 한 편을 건넸듯이 찾아오는 손님에게 빈손으로 가지 않도록 부채라도 하나 써서 줘 보자. '죽로지실'이 '대나무로 만든 부채와 화로가 있는 방'일 수도 있겠다.

이렇게 쓰고 보니 어떤 정치인들이 도심에 문을 열었던 식당 이름 '하로동선夏爐冬扇'이 떠오른다. 여름의 화로와 겨울의 부채가 엇박자를 내면서 시대의 덧없음을 말하지 않는가. 나의 죽로지실엔 부채와 화로가 2세기의 간극을 메우려 하고 있다.

文字香書卷氣 문자향서권기

문자의 향기와 서책의 기운

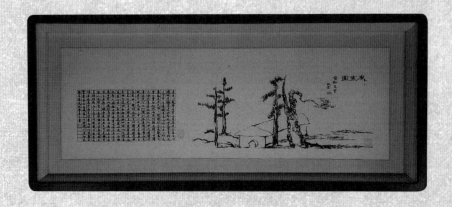

내가 그리는 세한도歲寒圖

내 집의 별채에 걸어 놓은 〈세한도〉는 전 직장에서 예산에 근무할 때 구입한 복제본으로 110cm×34cm 크기의 작품이다. 국립중앙박물관에 소장된 세한도 진본은 원래 69.2cm×23cm였는데 청나라 문인 16인의 제찬題贊(감상을 적은 시)과 우리나라 문인 4인(오세창, 정인보, 이시영, 김준학)의 감상 글 등이 붙여져 14.695m의 크기로 표구되어 있다고 한다.

〈세한도〉는 추사 김정희 선생이 59세(1844년) 때 제주 서귀포 유배 당시 그린 문인화로 국보 180호이다. 귀양 생활의 어려움과 심정을 엿볼 수 있는 작품이다.

그림의 구도는 매우 단순하다. 천지가 백설로 덮인 겨울 벌판에 납작한 토담집이 한 채 있고 그 양쪽에는 소나무와 잣나무 네 그루만을 먹으로 담백하게 그리고 있다. 그러나 이 필선筆線의 담백함 속에는 고고한 정신과 고졸한 격조, 노련하고 진실한 문인화의 경지가 숨어 있다.

그림의 제목인 〈세한도〉는 『논어』「자한」편에 나오는 "세한연후지송백지후조歲寒然後知松柏之後凋(한겨울이 되어서야 소나무와 잣나무가 시들지 않는다는 것을 알게 된다)"에서 인용한 것이다. 둥근 문이 있는 허름한 집

한 채와 좌우로 소나무 두 그루와 잣나무 두 그루를 그려 메마르고 황량한 세한歲寒(설 전후의 매서운 추위)의 분위기를 전달하며 "우선시상藕船是賞(우선! 이 그림을 보게나) 완당阮堂(추사의 호, 300여 개의 호와 낙관을 사용했다고 전해짐)"을 적은 후 낙관을 찍어 그림을 마무리하고 우측 아래 장무상망長毋相忘(오래도록 서로 잊지 말자) 인장을 찍어 그림의 의미를 강조하고 있다.

당시 추사가 제주로 유배되자 그간 왕래하던 사람들 대부분이 발길을 끊었지만 역관 출신 제자였던 우선 이상적은 베이징을 여러 차례 왕래하면서 중국의 문사들과 교류가 깊었고 진귀한 서적과 정보를 꾸준히 보내 주므로 그 고마움의 표시로 세한도를 그려 준다.

스승께 그림을 받고 뛸 듯 기뻤던 이상적은 그해 10월 북경에 갈 때 〈세한도〉를 가지고 가 1845년 1월 중국인 친구 장요손이 초대한 모임에서 그림을 보여 준다. 이때 자리를 함께한 청나라 문사들이 그 높은 품격과 사제 간의 깊은 정에 감격하여 저마다 이를 기리는 시문詩文을 직접 써서 남겼다고 한다.

이렇게 탄생한 〈세한도〉는 추사가 겪은 고난만큼이나 주인이 여러 번 바뀌었다. 첫 소장자였던 이상적에 이어 그의 제자가 소장하다 일제 강점기를 거치면서 일본인 후지즈카 지카시가 손에 넣게 된다. 1943년 서화수집가 손재형의 삼고초려 끝에 우리 곁에 돌아온 비화는 〈세한도〉의 파란만장한 여정이 추사의 운명처럼 긴 유배를 다녀온 것이라고 보아진다.

　　　　　　　　　　　　　　　　　　　　　　　　　　쓰담 쓰담

추사가 제주로 귀양을 가면서 당시의 배편 사정은 생명을 담보하지 못한 모험이었을 텐데 망망대해에서 겪었을 불안은 상상을 초월한다. 어렵사리 도착한 제주 대정현에 위리안치圍籬安置 1 된 상황에서 절해의 고도孤島 제주는 악몽 그 자체였을 것이다.

평생직장을 명예퇴직하고 암 수술을 거쳐 귀향歸鄕했던 14년 전 나의 모습이 추사의 모습으로 오버랩되었다. 항암 치료 중의 몰골은 너무나 수척해져 여명을 얼마나 살 수 있을지 몰랐고, 암을 앓고 있다는 발 없는 소문은 원근을 가리지 않아 세상에 홀로 남겨진 기분이었다.

고향에 남겨져 있던 흙집을 보수하고 흙벽돌로 별채를 마련하면서 정자와 차실과 서실을 작게나마 갖추었다. 일자형 세 칸 별채는 흙벽돌로 쌓고 함석 기와로 마감했지만 추사의 토담집과 유사하고, 정자와 소나무 여덟 주는 〈세한도〉의 원형 대문과 네 주의 송백松柏을 연상케 한다. 주위에 그 많던 동료들은 다 떠나고 지금까지도 수시로 찾아와 주는 K 지점장이 이상적을 연상케 하기도 한다.

추사와 같은 고절한 인품, 예술혼을 본받아야 하는데 언감생심 추사의 발뒤꿈치 때만도 못하다는 자책을 한다. 추사가 벼루 열 개를 구멍

---

1 위리안치: 조선 시대 행형 제도의 하나로, 유배지에서 달아나지 못하도록 가시 울타리를 두르고 그 안에 가두었던 중형. 보통 탱자나무 울타리로 사면을 두르고 감호하는 주인만 드나들 뿐 처첩을 데려갈 수 없었다. 전라도와 제주에 탱자나무가 많아 위리안치를 받으면 그쪽으로 가는 경우가 많았다.

냈다고 하는데 나는 벼루 하나를 3, 40년을 썼어도 닳았다는 느낌이 없음이 그렇고, 붓 일천 자루를 몽당이를 만들었다고 하는데 나는 백 자루에도 못 미치니 하는 말이다.

등총린藤塚隣 저 『추사 김정희 또 다른 얼굴』, 유홍준 작가의 『완당평전 김정희』와 김종헌 작가의 『추사를 넘어』를 읽으면서 추사 공부를 다시 하고 있다. "많은 사람들이 다산과 완당의 귀양살이를 비교하면서 다산은 귀양살이를 통해 현실을 발견했는데 완당은 그렇지 못했다고 말하곤 한다. 그러나 완당은 귀양살이에서 자아를 발견했다고 할 수 있다.(『완당평전』189p)"고 한 대목에 주목한다. 나의 귀향살이가 못다 한 많은 일들 중에서 서예만큼은 일가를 이루도록 노력하고자 하나 마음만 바쁠 따름이다.

인근의 추사 고택을 가면 나의 서예 은사 선생님이 돌에 새겨 제작하여 설치한 추사 작품과 마주하게 된다. 추사 고택을 자주 찾는 것은 추사의 숨결을 느끼기 위해서다. 신분의 차이가 그렇고, 부유했던 추사의 환경과 비교될 바 아니듯이 그의 선비다움이나 기개나 예술성은 그저 흠모의 대상일 뿐이다.

나 나름의 〈세한도〉를 그려 보자. 죽음이 세상을 갈라놓을 때까지….

쓰담 쓰담

5부

건강
Health of life

欲説春来事榮門昨夜晴
間雲度峰影好鳥隔珠聲
究去水邊坐夢回蒼裏行
仍聞新酒氎瘦婦自知情

錄白光熙先生詩漫興 乙未立夏節宿石榴種更

欲說春來事 욕설춘래사

봄이 온 뒤 무슨 일이 있는지 말해 볼까요?

柴¹門昨夜晴 시문작야청

사립문 안팎은 지난밤부터 날이 갰지요

閒雲度峰影 한운도봉영

한가한 구름은 봉우리를 넘으며 그림자 남기고

好鳥隔林聲 호조격림성

다정한 새는 숲 저편에서 재잘거려요

客去水邊座 객거수변좌

손님이 떠난 뒤 물가에 앉아도 보고

---

1   柴 섶 시

夢回花裏行 몽회화리행
꿈에서 깨어나 꽃 속을 거닐기도 하지요

仍² 聞新酒熟 잉문신주숙
새로 담근 술이 익었다고도 하니

瘦³ 婦自知情 수부자지정
야윈 아내는 제 속을 잘도 알아요

조선 중기의 시인 옥봉 백광훈玉峰 白光勳(1537~1582)의 시다. 혹독하게 추웠을 겨울도 지나면 하루하루가 다르게 봄기운에 취하게 된다. 한가한 구름도, 새도 부산을 떠는데 시인도 좀 쑤셔서 괜히 물가에 가서 앉아 보기도 하고 꽃 속을 거닐어도 보면서 봄이 온 것을 실감한다. 그중에서도 야윈 아내가 새로 담근 술이 익어 가는 향내야말로 유유자적하는 전원의 풍경이 아닐까?

"냅다 아내가 애호박을 따다가 어제 짜 온 들기름에 볶아 내오면 농주 한 잔을 곁들이고는 베잠방이 벗어 놓고 낮잠 한숨 즐기는 맛으로 산다오."

---

2   仍 인할 잉
3   瘦 파리할 수

당진읍내 원당리에 사시는 장 선배의 아내 자랑은 늘 이랬다. 장 선배는 얼마나 행복할까? 옥봉이나 장 선배나 아내들의 술 담그는 솜씨가 백미다.

성냥갑 같다는 아파트가 이제 주거문화의 대세로 자리 잡았다 하더라도 거기서 들리는 층간 소음, 담배 연기, 이웃과의 갈등에 진저리를 치는 사람에게 전원주택은 선망의 대상이다. 아내의 술 담그는 솜씨로 술 익는 향기에 취해 살 수만 있다면 얼마나 좋을까. 전원에 살면서 내 아내에게서는 술 익는 냄새는 아니어도 곰처럼 살아온 풋풋한 향기가 있어 좋다.

거 참! 묘한 일이다. 하루해가 금방 가고, 한 달이, 한 해가 그렇게 빠를 수 없다. 추위가 물러나고 봄이 오는가 싶은데 요즘엔 봄과 가을은 없는 듯이 빠르게 지나간다. 만흥漫興(저절로 일어나는 흥취)이든 만흥慢興(느리게 일어나는 흥취)이든 시인에게는 빼앗긴 시간이겠지.

그렇더라도 느리게 느리게 '물가에 앉아도 보고…' 옥봉의 흉내를 내보자. 공동주택보다 단독인 전원주택이 그래서 좋다. 하기야 옛날엔 공동주택이 있기나 했나…. 이제 공동주택에서의 만흥을 얘기할 때다. 좁지만 베란다를 잘 가꾸면 이것을 도시농업이라고 한다.

전원주택에서는 텃밭이 넓어야 맛이 아니다. 삽과 괭이 호미를 이용해서 작물을 붙이는 데 부담이 된다면 전원생활에 싫증이 날 수 있으니 말이다. 아파트에서는 스마트 농장을 베란다에 설치하고 AI기술을 이용하면 생산되는 농산물을 이웃에게 나누면서 살 수 있다고 하니 저절로 흥이 일 것 아닌가.

　여권女權이 신장되고 가정주부가 개숫물에 손 담그기 싫다는 시대가 되었는데 위 시에서처럼 집에서 아내가 술 담가 주기를 바라는 건 남자들의 간이 부었다고 말하겠지. 주변을 살펴보면 지역의 명주는 차고 넘친다. 간혹 부추전, 파전 부쳐 놓고 친구 불러 명주 마시는 만흥漫興을 즐겨 보자. 고려 개국 공신 복지겸 장군을 병석에서 벌떡 일으켰다는 두견주杜鵑酒가 옆 마을에서 생산되고, 매실을 넣어 빚은 수제 맥주 갤러리가 우리 마을에 개장되어 아내의 손을 대신할 수 있으니 전원생활이 점점 흥미로워진다.

虛卽美靜 허즉미정

마음을 비우면 남에겐 아름답고 나에겐 고요하다

虛
則美
靜

텅 비우면

봄에껜 아름답고

나에껜 고요하다

辛卯 穀日
晚堂 朴○ ○

젊드는 나이

그는 155㎝의 신장에 53㎏의 체중을 가졌다. 이렇게 작은 체격을 가졌지만 술배가 따로 있다고 소문날 정도로 두주불사斗酒不辭하는 술꾼이었다. 80세에 처음 결혼하였고 120세에 45세의 여인과 재혼할 정도로 건강하였다. 그의 노익장이 영국 전역에 소문나자 당시 찰스 1세가 그를 왕궁으로 초청하였다. 성대한 만찬을 먹고 난 후 과식으로 고생하다 결국 두 달 후 세상을 떠났다. 그의 초상화는 양조회사에 팔렸다. 명주 위스키 올드파 상표의 주인공이다. 그의 이름은 토마스 파 옹翁이다.

인간이 어떻게 152세까지 살 수 있었을까. 성경을 보면 969살까지 산 무도셀라가 있었다. 그에 비하면 152세는 놀랄 일도 아니다. 그러나 대홍수 이전과 이후의 우주가 전혀 달랐다는 점을 생각할 때, 모세가 120살까지 산 것과 비교하면 놀라지 않을 수 없는 나이이다.

2016년 새해를 맞이하는 행사가 내가 사는 마을 구절산 육각정에서 열렸다. 매일 보는 해이건만 첫날 첫 해에 비는 마음을 안고 산을 찾은 인파는 예년보다 훨씬 많았다. 아마도 살림살이가 풋풋해진 것도 있고, 자녀의 입시나 사업 번창 등 사연도 많았겠지만 건강을 비는 마음이 우선이었을 것이다. 그것을 증명이라도 하듯 만나는 사람마다, 문자마다

"새해 더욱 건강하세요." 하는 인사가 제일 많았다. 건강하게 오래 사는 일이야말로 이 시대 최대의 소망인 것이다.

예로부터 61세를 환갑還甲이라 해서 극노인極老人 취급했다. 70세는 아주 드물다고 해서 고희古稀라고 했는데 오늘날 희수喜壽(77세), 산수傘壽(80세), 미수米壽(88세), 졸수卒壽(90세), 백수白水(99세)를 넘기고도 상수上壽(100세)하는 사람을 주변에서 어렵지 않게 보게 된다. 의술과 생명과학의 발달, 그리고 소득 수준의 증가가 가져온 결과이면서 모두의 소망은 건강하게 장수하는 것이 되었다. 오래 살되 건강하게 살길 바라지, 똥 찍어 바르면서 오래 살고 싶은 사람은 아마도 없을 것이다.

또 한 가지 단서가 있다. 아내든 친구든 누군가와 함께 오래 살아야지 나만 혼자 오래 살아서는 외로워서 못 살지 싶다. 아니, 이웃이, 지인이, 친구들이 먼저 가고 없다면 내 존재는 의미가 있을까.

새해를 맞이하면서 소망해 본다. 백 이십은 못 살더라도 시대 상황에 맞게, 그저 건강하게 천수만 하면 좋겠다. 떠도는 말처럼 99세까지 팔팔하게 살다가 백 세 되는 해 2, 3일만 앓고 죽었으면 좋겠다. 백 세를 기준으로 한다면 나는 앞으로 35년 정도를 더 살아야 한다. 직장에서 60세 전후하여 퇴출되고 40여 년을 무직 상태로 살아야 하는 것은 누구나 겪는 대부분의 일이니 나 혼자 걱정할 문제는 아니다. 하지만 나는 적어도 지공地空(지하철을 공짜로 타는 걸 이르는 말)도사는 되고 싶지 않다고 다짐해 왔다.

지난해 대한노인회가 노인기본법상 노인의 정의를 65세에서 70세로 높이는 개정안을 청원했다고 한다. 그 소식을 접한 나는 아예 80세로 높이면 좋겠다는 생각을 해 봤다. 80세까지 일하고 남은 20년은 자연으로 돌아가는 방법을 찾는 시간으로 써도 좋을 성싶다. 물론 적으나마 돈 버는 일이나 재능을 기부하고 봉사하는 시간으로 보내면 좋지만 그러기 위해서는 건강이 가장 큰 변수다.

건강보험공단에서 건강진단 하라는 명령이 내려와서 구랍舊臘 중순에 피 검사, 위내시경 검사를 했다. 위염 증세 외에 특별한 이상은 없다고 한다. 그러나 내 진단은 그게 아니다. 눈가의 주름, 이마의 계급장, 머리의 새치, 하수도의 막힘이 이상 증세다.

수많은 사람들이 새해 복 많이 받고, 더욱 건강하라며 덕담을 보내 준다. 그들의 기도를 가벼이 넘기지 말고 보험공단의 진단명령과 같은 것이라고 생각하며 수칙을 실천궁행實踐躬行할 일이다. 건강진단을 제때하지 않아서 병을 키운 뒤 보험금을 청구하면 지원하지 않는다고 하지 않는가. 지인들이 그렇게 건강하라고 챙겨 줬는데도 건강하지 못하다면 그들의 덕담을 떼먹는 것이 아니던가.

건강은 스스로 챙겨야 한다. 누가 시켜서 되는 일도 아니고, 누구를 위함도 아니다. 정보의 홍수 시대 건강 상식은 넘쳐나는데 너나없이 실천이 어렵다. 적게 먹고, 잘 자고, 잘 내려놓고, 많이 움직이고, 성내지 말고, 주변을 깨끗이 하며 이웃과 함께 더불어 행복하게 살고자 한다면 건강은 지킬 수 있는 것이다.

병신년丙申年은 내 나이가 예순다섯이 되는 해다. 152세까지 살고 80세에 초혼을 한 토마스 파 옹에 비하면 아직 철부지 나이지만, 이제야 지인들의 덕담이 귀에 들어온다. 이제 나도 철이 드나 보다. 언제나 깨끗하고, 맑고, 조촐하면서 간결한 생활 속에서 나이를 얹어 가 보자. 박아지 위에 결潔을 작품으로 써 본다. UN의 권고에 의하면 아직 중년에 불과하다.

언어의 白眉백미

"凡事범사에 感謝감사하라"

凡事에
感謝하라

예수님은믿는사람을向한
하나님의뜻으로,항상기뻐하라,
쉬지말고기도하라,

를強調하신다
범사에감사하라, 인간이사용
하는가장아름다운언어의백
미라는생각이든다

辛丑秋金郁秀千범사에잠시
하라中 北亭山房主人 省石

범사凡事에 감사하라

1958년 캐나다 의학자 핸즈 세리Hans Selye가 노벨의학상을 받았다. 모든 질병의 치명적 요인은 스트레스이며 이의 치유를 위해서는 감사하는 마음을 갖는 것이라고 밝힌 업적이 인정되어서였다. 문득 주변을 둘러보면 온통 감사한 일뿐인데도 늘 걱정과 불안과 불만으로 가득 찬 삶을 살고 있음을 느끼게 된다.

"이른 새벽 눈을 뜨면 / 나에게 주어진 하루가 / 있음을 감사하렵니다. / 밥과 몇 가지 반찬··· / 풍성한 식탁은 아니어도 / 오늘 내가 허기를 달랠 수 / 있는 한 끼 식사를 할 수 / 있음을 감사하렵니다.

누군가 나에게 / 경우에 맞지 않게 / 행동할지라도 / 그 사람으로 인하여 / 나 자신을 되돌아 / 볼 수 있음을 감사하렵니다.

태양의 따스한 / 손길을 감사하고, / 바람의 싱그러운 / 속삭임을 감사하고, / 나의 마음을 풀어 한 편의 / 시를 쓸 수 있음을 / 또한 감사하렵니다.

오늘 하루도~!! / 감사하는 마음으로 / 살아가야겠습니다. / 이토록 아름다운 / 세상에 태어났음을 / 커다란 축복으로 여기고 / 가느다란 별빛 하나, / 소소한 빗방울 하나에서도 / 눈물겨운 감동과 환희를 / 느낄수 있는 맑은 영혼의 / 내가 되어야겠습니다.

인생을 살아가는 데 / 가장 중요한 것은 / 나를 믿고 사랑하는 것이고 / 나에게 확신을 갖는 일입니다. / 가치 있는 인생을 살면서 / 가치 있는 사랑을 하는 것이 / 최고의 삶이고 / 행복이라고 합니다."

친구가 보내온 「하루의 행복」이라는 시詩다. 범사에 감사하면서 가치 있는 인생을 사는 것이 최고의 삶이고 행복이라고 쓰고 있다.

하루 일과를 보자. 새벽에 이상 없이 눈을 뜨는 자체로 온몸에 감사하고, 이 몸이 유지되도록 도와주는 주변인과 가족에게 감사한다. 산을 오르면서 마시는 신선한 공기, 아름다운 산천, 아침밥을 먹으면서 차려 준 아내와 식탁 위의 모든 먹거리를 생산해 준 농민, 이를 유통해 줘서 편의를 제공해 준 상인들…. 어느 것 하나 고맙지 않은 것이 없다. 나의 생계를 책임져 주는 직장의 오너와 동료들, 아니 이용 고객에게는 또 얼마나 고마운 일인가. 생각을 하면 할수록 온천지 감사할 것들이 너무나 많다.

몸이 건강하고 컨디션이 좋다면 감사한 생각이 드는 것은 물론이고, 혹시 몸 한구석이 편치 않다면 그로 인해서 건강을 챙기게 되고 주의를 하게 되니 몸이 불편해도 감사해야 할 일이 아닐까. 누군가에게서 불편한 소리를 들었다면 내 잘못이 무엇이었는지 성찰하는 계기가 되거늘 이 또한 고마운 일이 아닐 수 없다.

박경리 작가의 노년관老年觀에 의하면 '우리 신체를 모두 바꾸는 데 56

억 원이 든다. 한 눈을 이식하는 데 일억 원, 신장은 삼천만 원, 심장은 일억 원, 간은 칠천만 원, … 인공호흡기 한 시간 사용료가 삼십육만 원이니 이십사 시간 하루 사용 금액은 팔백육십만 원이 든다. 우리는 건강하게 생활하면서 매일 이들을 무료로 사용하고 있으니 얼마나 감사한 일인가.'라고 쓰고 있다.

일생을 살아오면서 부모를 비롯해서 나에게 도움을 준 사람은 얼마나 많은가. 세월 속에 기억의 저편으로 잊혀 가지만 연령대별로 기억을 찾아보면 이제라도 안부 전화를 하게 된다. "유형이슈, 이거 반가워 어쩌나!" 하면서 반기시는 정○○ 선배님으로부터 감사의 위력을 느끼게 된다. 어쩌다 전화를 드리면 끝없이 대화하고 싶어 하시는 윤○○ 선배님도 반가움, 고마움의 다른 표현이실 게다. 찾아뵈면 더 좋겠지만 안부 전화라도 드리는 것이 모셨던 분들에게 감사를 전하는 방편이라는 생각이 든다.

지체 · 청각 · 시각이 불편한 분들을 볼 때마다 그렇지 않은 내가 얼마나 감사한지 모른다. 장기간 병석에 있는 사람을 문병할라치면 건강한 내 육신이 얼마나 고마운지 모른다. 송사에 휘말리고 사회적 물의를 빚는 사람을 볼 때마다 그렇지 않은 내 운명이 얼마나 감사한지 모른다. 일이 뜻대로 안되더라도, 상대방과의 관계가 안 좋더라도, 원망과 한탄보다는 감사의 씨를 찾아보면 반전의 싹을 발견할 수 있지 않을까.

1998년 미국 듀크 대학병원의 해롤드 쾨니히와 데이비드 라슨 두 의사가 실험한 결과에 의하면, 매일 감사하며 사는 사람은 그렇지 않은 사람보다 평균 7년을 더 오래 산다는 사실을 밝혀냈다고 한다. '감사하는 마음'이 모든 질병의 치명적 요인 스트레스 해소에 최고의 치료제임을 새삼 느끼면서 백 세 건강을 다짐한다.

나는 교회를 다니지 않지만 예수님의 가르침을 주위로부터 접한다. 예수님은 믿는 사람들을 향한 하나님의 뜻으로 '항상 기뻐하라', '쉬지 말고 기도하라', '범사에 감사하라'를 강조하신다고 들었다. 감사는 명령어이고, I(아이)형 언어라고 한다. 한편 감사는 동사형이고, 현재진행형이어야 한다고 한다. '범사凡事에 감사하라.' 인간이 사용하는 가장 아름다운 언어의 백미白眉라는 생각이 든다.

쓰담 쓰담

尾生之信 미생지신

약속을 칼같이 지키거나 우직하여 융통성이 없는 태도를 말함.

빛과 소금의 효용에 대하여 절대 과신한다.

늦게
군가
나에게
에서
당신은
빗과
소금처럼
살아가고
있나요

참부족하기
때문이다

질문이라면
자신
없이

답으로
나눈다

말로
임지척이다

辛丑立秋節 于七月 빛과소금 中 渭石散人

빛과 소금

누군가 나에게 묻는다. "당신은 세상에서 빛과 소금으로 살아가고 있나요?" 두 가지 대답으로 나뉜다. 역할을 묻는 질문이라면 자신이 없다. 한참 부족하기 때문이다. 하지만 생활 도구로서 사용하는지를 묻는 질문이라면 시쳇말로 '엄지 척'이다.

성경에서 얘기하는 빛과 소금은 인간으로서의 사회적 역할, 진실 됨으로 이웃을 위해 봉사하라는 가르침이니 종교를 떠나 인간의 공동생활에 있어 지켜야 하는 도리라고 본다. 나에게는 이에 못지않게 빛과 소금이 없이는 하루도 살 수 없는 생활의 필수품이다. 생물 생육의 네 가지 요소를 온도, 습도, 공기, 햇볕으로 말하는데 나는 유달리 햇빛을 좋아한다.

요즘 야외에서는 미세먼지를 이유로 마스크를 상시 착용하고 자외선을 이유로 모자와 햇빛가리개를 무분별하게 사용하는 사람이 점차 늘고 있다. 손, 팔, 얼굴 할 것 없이 싸매고 다니는데 나는 가급적 내놓고 다니기를 즐긴다. 모자를 쓰면 머리털이 더 빠지고, 얼굴이나 피부를 감싸면 햇빛의 도움으로 얻게 되는 비타민D의 손실을 우려해서다. 대둔산 근처에서 산림욕장을 운영하는 일가분이 새벽이면 알몸으로 숲을 거

닌다고 한 얘기가 나에게 전이되어 생활 습관으로 굳어졌다.

음식을 빛으로 요리하는 것도 일상화되었다. 가스레인지가 인체에 극히 해롭다고 하는 SNS를 접한 후 마침 용봉산 아래서 건강제품 숍을 운영하시는 김 사장의 소개로 빛 요리 기구를 구입했다. 감자를 찌고, 고구마를 삶고, 마늘을 익히고…. 전자파 걱정 없이 빛을 이용하는 요리이니 편리하기가 더없다.

햇빛 농사도 짓고 있다. 가정용 전기료를 줄여 보고자 3㎾짜리 태양광을 설치한 건 벌써 십여 년이 되었고, 작년 말경부터 상업운전 중인 100㎾ 규모 발전소는 월 이백여만 원의 소득을 가져다준다. 태양광에 관심을 가졌던 건 벌써 이십여 년이 흘렀는데 이제야 실행에 옮겼다.

농협중앙회가 전담 부서를 두고 에너지관리공단과 업무 협약을 맺으면서 일선농협에 농가 소득 증대 사업으로 보급을 독려하고 있는데도 일선 농협임직원들은 관심 밖이다. 일손이 미치지 못하는 한계농지에서 햇빛이 소득을 가져다주니 비 오면 가뭄이 해갈돼서 좋고, 햇빛이 잘 들면 전기 생산이 많아서 좋고…. 짚신 장사와 우산 장사 아들을 둔 아버지의 마음을 연상케 한다.

요즘에는 빛 명상에 심취하고 있다. 건강 관련 일을 하고 있는 동생의 권유로 빛 명상을 접했는데 '우주의 근원- 진실한 마음'을 구도하는 자세로 취침 전후 2분씩 가부좌하여 묵상하고 아침에 출근해서는 인터넷

영상으로 명상을 즐긴다. 이 또한 빛의 고마움이 아닐 수 없다.

햇빛 못지않게 중요한 게 소금이다. 요즘 음식점에 가면 '주문하기 전에 싱겁게 해 주세요.' 하라는 포스터가 붙어 있다. 심지어는 '저염식 시범업소'라는 표지를 붙여 놓은 곳도 있다. 그리고 대부분 음식이 간을 하지 않은 채 나오는데, 나의 소견으로는 참으로 잘못된 행정지도라고 생각한다.

우리 몸은 염도가 0.9%나 되는 어머니의 양수에서 열 달을 살다가 세상에 나왔으며 우리 몸이 병균을 물리치는 자연치유력도 염분이 있어야 하는 것은 상식이다. 몸이 안 좋아 병원엘 가면 우선 식염수를 놓아주는 것만 봐도 염분의 중요성은 익히 알고 있다. 의사마다 '싱겁게'를 입버릇처럼 하면서 왜 환자가 오면 식염수를 꽂는가. 병 주고 약 주는 꼴이 아닐까. 병자 없으면 의사 밥 먹고 살기 어려우니 그러나…? 이상한 일이다. 나는 죽염 없이는 못 산다. 작은 병에 담아 가지고 다니면서 간을 해서 먹는데도 혈압과 당뇨가 지극히 정상이다.

군軍에서 행군할 때 병사들에게 소금 주머니를 지참시키는 건 소금이 생명을 구할 수 있기 때문이 아닌가. 소금이 가지고 있는 미네랄 성분은 간과한 채 나트륨의 부정적 측면만 강조하는 현대의학의 함정을 인식해야 한다. 염도 3%의 바닷물이 모든 오물을 정화해서 바다를 푸르게 하는 대자연을 보라. 인체를 몇 년 공부했다고 오묘한 신의 영역을 마음대로 재단하는 현대의학에 맹신할 일은 아니라고 본다.

빛과 소금은 생명 유지에 절대적 존재이고 우리 인간이 빛과 소금으로 살아야 하는 것은 자연과 신에게 진 빚을 갚아 나가야 하는 존재임을 이르는 말이다. 작은 우주에 잠시 다녀가는 미물이 지구를 더럽히고 가서야 되겠나…. 오늘도 경건한 마음으로 옷깃을 여민다.

_ 2019. 07. 25.

쓰담 쓰담

七十而從心所欲不踰矩 칠십이종심소욕불유구

일흔에 마음이 하고자 하는 바대로 따르되 법을 넘지 않는다

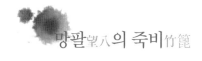

망팔望八의 죽비竹篦

공자의 말씀인 경전『논어論語』에 이런 말이 나온다. "오십유오이지어 학吾十有五而之於學, 삼십이입三十而立, 사십이불혹四十而不惑, 오십이지천 명五十而知天命, 육십이이순六十而耳順, 칠십이종심소욕불유구七十而從心 所慾不踰矩". 여기서 70은 마음이 하고자 하는 대로 하더라도 절대 법도 를 넘지 않는다 하여 이를 줄여 '종심從心'이라고 부른다.

한편 두보杜甫의「곡강시曲江詩」를 보면 "인생칠십고래희人生七十古來 稀"라고 표현하고 있다. 칠십 먹은 노인은 좀처럼 보기 드물다는 뜻이 렷다.

예부터 60이면 환갑이라 하여 크게 잔치를 벌이고 어른 대접을 해 왔 는데 시대는 많이도 변하여 70, 80이 되어도 어른은커녕 경로당에 가면 심부름을 할 나이가 되어 가고 있다. 하지만 환갑을 넘어 십여 년을 더 살다 보니 순발력이 떨어지고 작업 능률이 떨어지는 건 어쩔 수 없는 일 상이 되어 가고 있다.

토요일 오후였다. 동력톱을 이용하여 나뭇가지를 자르는 일을 하고 있었다. 나도 모르게 깜짝하는 순간, 동력톱의 날이 왼발 엄지발가락

위를 지나고 있었다. 잠깐 하는 일이라서 안전화도 신지 않고 장화를 착용하고 있었는데 아픔도 모른 채 헝겊으로 압박하고 지역 응급센터를 찾았다. 응급 처치는 했으나 전문의사가 없어 이틀을 집에서 보낸 후 시내의 정형외과를 찾았다.

상처 부위의 이물질과 부서진 뼛조각을 걷어 내고 봉합하는 수술은 한 시간여 걸렸지만 부분 마취를 했기에 통증은 없었다. 병실도 4인실에 들었는데 옆 침상 환자가 도와주고 병원 밥이 맛있어서 마치 휴가 나온 기분으로 팔 일 동안을 입원해 있었다. 주변에 알려지는 게 싫어 입단속을 했지만 몇몇이 문병을 왔었다.

코로나 방역 때문에 외부인의 병실 출입을 막으므로 1층의 커피숍으로 내가 내려가 만나야 했다. 수술한 다리를 들고 있으라는 지침을 따라 목발 또는 휠체어를 사용했는데 그동안 못 해 본 사용 방법을 터득하는 계기가 되기도 했다. 한쪽 발과 팔이 없이 살다 가신 재당숙 어른의 불편은 얼마나 크셨을까 측은지심惻隱之心이 일었다.

그뿐만 아니라 입원 중에 들은 서울 사는 명수 친구의 부음은 인생을 돌아보는 계기가 되었다. 평생을 경찰에 봉직했고 산을 너무 잘 타서 날다람쥐라는 닉네임을 가졌던 친구가 연락처를 몇 줄 남기고 저녁에 집을 나간 후 자정까지 돌아오지 않자 며칠 전 동부인하여 방문했던 병성 친구에게 전화가 걸려왔고, 경찰에 신고하여 다음 날 뒷산 중턱에서 극단적인 선택을 한 장면이 목격되었다니 도무지 믿기지 않는 소식이었다.

그는 일 년에 한두 번 모이는 모임에 빠지지 않았고 등산이며 자전거 타기며 운동의 달인이었는데 최근에 밤잠을 못 자고 우울증 증세를 보여 왔다니 믿기지 않는 일이었다. '새도 죽을 때는 지저귐이 애달프고, 사람도 죽음 앞에서는 말이 착하다'고 했는데 병실 밖 창문에 비친 하늘은 잔뜩 낀 먹구름이 한줄기 비 내림을 예고하고 있었다.

백 세 시대를 얘기하지만 건강 나이로 내게 와 있는 70은 적은 나이가 아니다. 어영부영하다가 십 년 이십 년은 잠깐에 불과하겠지. 십 년을 앞서가시는 임 선배님은 면허증을 반납했다니 기실 내가 자유롭게 운전하고 주유周遊할 수 있는 기간도 십 년 안팎인데 농사일에 묻혀 살아야 한단 말인가. 그렇다고 이곳저곳 하릴없이 우왕좌왕하다 가야 하나를 생각하니 다른 방도가 없다.

그냥 욕심 버리고 가진 것 나누면서 일하는 즐거움을 만끽하는 삶, 사회에 진 빚을 조금이라도 갚고 간다는 생각으로 선한 일을 해 보자. 내 공부방 창문에 붙여 놓은 조출경야귀독朝出耕夜歸讀이 늘 위안이다. 낮에 흙을 벗 삼아 일하고 저녁에 글씨 쓰고 책 읽고…. 목가적 생활이면 됐다. 자연과 더불어 주어진 생명 잘 관리하다가 '세상 구경 잘했다'며 뒷짐 지고 떠나면 될 성싶다.

다만 장남이기에 짊어졌던 멍에를 어떻게 내려놓아야 하나, "아버지 재산은 다 팔아서 쓰세요." 하는 아이들에게 넘겨준들 그리 반길 일도 아닐 것이다. 또 큰아들한테는 손자가 없다. 손자가 있는 작은아들에게 상속을 하면 아들딸 차별하는 꼰대로 비칠 것이고 누가 되었거나 아들들은 농사에 문외한이다. 나이를 더 먹으면 어떨지 모르겠지만, 시골에 와서 또는 관심 가지고 농토를 유지할 의사가 현재로서는 없는 듯하다.

입원하고 있는 동안 두 번의 외출에서 확인한 농장의 어지러움이 더 이상 시간 벌기 하지 말라는 무언의 재촉으로 보였다. 빈 땅에 심은 콩은 거름기가 약해서인지 땅속으로 들어가고, 트레이에 심어 놓은 꽃잔디는 활착이 안 된 건지 누렇게 변해 있다. 포도밭은 무성한 풀밭이며, 잔가지 파쇄물 주변은 잡초로 어지럽다.

불과 십여 일도 안 되는 기간 집을 비웠다고 이렇게 엉망이 되는데 몸도 맘대로 따라 주지 않는 아내에게는 더 큰 숙제로 다가든다. 주간보호센터에 보내 드리는 것만도 죄송해하면서 시어머니를 열심히 케어해 드렸던 아내에게 일요일 저녁은 악몽이었을 게다. 아들 병원에 간다며 밖을 나가시는 시어머니가 대문간에 누워서 일어나지 않는 몇 시간 동안 겪었을 아내의 고뇌를 알 만도 하다.

그날이 마침 장인어른의 기일이었는데, 서울에 사는 처남이 들러 함께 가기로 약속이 되어 있었지만 나의 예기치 않은 사고로 집을 떠날 수 없게 되자 설상가상 속이 상했던 모양이었다. 그다음 날 이틀 일정의 단기 보호로 어머니를 주간보호센터에 의뢰하기에 이르렀다. 내 상처가 아물면 나름 열심히 케어해 드릴 요량이지만 점점 강도가 더해 가는 어머니의 치매와 나약해지는 우리 부부의 능력은 역주행 중이다.

쓰담 쓰담

그동안 '농촌을 지킨다'는 명제는 어느새 '죽을 준비'로 줄달음치고 있다. 좀 더 정신이 온전할 때 주변 정리를 해야 할 일이다. 작목을 단순화하고 영농법인을 만들어 아들딸들이 드나들면서 관리하는 방도를 생각해 본다. 영농법인에게는 농지 취득세, 양도소득세 등이 면제되는 장점이 있으니 기회 있을 때마다 재산을 법인명의화하고 아들딸들을 구성원으로 하여 운영하면 농토 보전과 묘지 수호, 제사 문제가 자연스럽게 해결되지 않을까 한다. 도시에 사는 아이들에게 농촌의 세컨드하우스는 나름의 의미도 있지 않겠나.

예기치 않은 농작업 사고가 망팔望八 노인에게 죽비竹篦를 내린 8일간의 입원은 일을 멈추고 생각을 가다듬으라고 이른다. 청향자원淸香自遠, 맑은 향기가 스스로 멀리 간다는 경구를 마음에 새긴다.

내해 좋다 하고 남 싫은 일 하지
말고 남이 한다고 義 아녀 좇
지 마라 우리는 天性을 지키든어 좇
삼긴대로 하리라

이천이십일년 봄에 수복 李季良선생 詩을 삼가 정石 적다

구린내

예년에 비하면 사나흘 앞당겨 만개했지 싶다. 뒷산에 줄지은 벚나무 길로 산책을 나갔다. 마스크로 무장한 내게 희망가라도 들려주고 싶었는지 바람에 실린 화려한 자태가 유려하다.

열심히 사진에 담아 1년여를 보지 못한 손주들에게 전송하는 아내의 분주한 모습을 본다. 한편에선 반려견의 뒤처리에 바쁜 아낙을 보면서 만감이 교차한다. 나의 눈에는 아주 못생긴 견공인데 주인을 잘 만났나 보다. 주둥이가 뾰족한 데다 피골이 상접한 것 같은 체구인데 봄옷을 잘 입히고 목줄을 하고 있었다. 뒷일을 보자 손가방을 어깨에 두른 주인 여성이 휴지를 꺼내서 배변 봉지를 찾아 처리하는 모습에서 몇 가지 생각이 일었다.

그 견공의 주인은 왜 반려견이 필요했을까. 혹시 자식이 없어서, 장애우가 있어서, 노년의 반려가 필요해서…? 갖가지 생각이 일었지만 저 여성이 반려견에게 들이는 정성스런 보살핌의 마음으로 내 이웃과 사회를 위해서도 같은 마음을 가지고 살아오고 있을까. 어쨌거나 그 여성의 반려견을 대하는 동물 사랑은 에티켓 그대로였다. 모르긴 해도 이웃과 사회와 국가를 위한 일에 적극적인 분일 것이라는 생각으로 시종을 지켜보았다.

동물이건 사람이건 배 속이 편하면 뒤를 본 후 뒤처리에 드는 노력이 적어진다. 요즘 머위, 참나물, 취나물 등 데치고 무친 햇반찬이 밥상 그득하면서 배 속이 편해졌다. 때만 되면 시장기가 시간의 흐름을 알리니 고기와 술로 배를 채웠을 때 느끼는 배변과 다른, 머리까지 맑아지는 느낌으로 봄을 맞고 있다. 냄새도 덜 나고 뒤처리도 수월하니 일거 몇 득인 셈이다.

어제도 오늘도 매스컴은 공무를 이용한 부동산 투기 문제를 다루고 있다. 공직자가 비공개 정보를 이용하여 토지와 집에 투기를 일삼은 사례를 폭로하고 있다. 뻔한 사실을 두고 나와는 무관하다며 거짓말해 대고 구린내가 천지를 진동한다. 왜 그래야 될까.

비가 오면 재상의 집 방에서도 우산을 쓰고 생활했다는 황희와 같은 청백리淸白吏를 볼 수 없는 세상이니 세태가 개탄스럽다. 비공개 정보를 이용하지 않고, 부정한 방법으로 재산을 불리지 않았다면 공직자가 어떻게 수십 수백억의 재산을 모을 수 있을까. 공직자의 재산 공개 기사라도 보게 되면 재산이 얼마 되지 않는 인사는 오히려 연구의 대상이 되는 세상이다.

얼마 전 아들네 집에서 하루를 묵은 적이 있다. 화장실에 휴지가 없어 당황했는데 휴지를 사용하지 않는단다. 비데를 사용하는 데다가 젊은

쓰담 쓰담

이들이니까 가능하지 싶었다. 아들 며느리에게 아버지로서 하고픈 말. '오히려 상대방보다도 재산이 많지 않음을 자랑으로 삼거라. 재산은 있다가도 없고 없다가도 있는 것. 생활에 불편을 느끼지 않을 만큼의 돈 외에는 그 관리에 신경 써야 하고 만약에 공직에 나간다면 많은 재산은 꼭 화를 불러올 터 하늘과 땅을 우러러 한 점 부끄럽지 않게 살라.'는 당부를 하고 싶다.

우리네는 흔히 상대적 빈곤감에 흐느낀다. 부모를 잘 만나 잘사는 세상이 되었는데도 상대방에 비교되고, 내가 부족하고, 나만 가진 게 적다는 생각으로 끊임없는 소유욕의 굴레를 벗지 못한다. 재산은 행복의 충분조건이 아니라는 말을 입버릇처럼 하면서도 죽는 날까지 욕심에 묻혀 산다. 구린내 풍기는 일 없이 살면 좋으련만.

어느 TV 프로그램에서 보았다. 고원을 지나는 양 떼 무리에서 한 마리가 이탈하여 한적한 곳에 몸을 부리더니 앞발을 꿇고 아무 신음도 없이 죽어 가는 장면이 담겼다. "동물들은 인간과 다르게 약을 먹는다든지 치료를 받는 일 없이 살다가 명을 다한 줄 알면 무리를 이탈하여 죽어 간다."는 내레이션이 이어졌다. 인간 세상도 억지로 연명하지 않고 내 갈 때를 알아 구린내 풍기지 않고 산다면 얼마나 좋겠나.

대전에 살 때 얘기다. 한약방을 경영하시던 원장님이 매일 찾아오시던 내 직장의 창구에 어느 날부터 오시지 않기에 찾아가 뵈었다.

"나는 며칠날 죽는데 무엇 하러 왔어요?"

"별말씀을 다 하세요. 빨리 쾌차하셔서 은행에 나오셔야지요."

그 원장님은 당신이 예언했던 그날 돌아가셨다. 언제나 자세를 단아하게 하셨고 생활 주변은 청결하면서 정갈하게 사시다 가신 선비이셨다.

자기가 죽는 날을 안다는 건 도무지 이해가 되지 않는 일이었다. 정신 수양을 많이 해서 도력이 높아지면 자기의 운명을 안다고 하지만, 만약 내가 이 세상을 하직할 날을 알고 산다면 인간의 욕심은 훨씬 잦아들더라도 얼마나 무기력해질까 하는 생각을 해 왔다.

산책길에서 만난 개도 자연에서 지냈다면 화장지가 필요치 않을 만큼 행복했을지 모른다. 인간의 얄팍한 상식으로 동물 복지를 운운하고 반려견에게 간식까지 먹여 가며 각종 수술과 장례식까지 치러 주는 세상에 살고 있다. 인간이 볼 때 반려견이 상팔자라지만 자연에서 제 맘대로 뛰노는 것만 같지 못하리라.

동물이든 사람이든 순수한 삶을 살면 좋을 성싶다. 사람답게 사는 세상, 개답게 살게 하는 세상, 구린내 풍기지 않는 세상이면 얼마나 좋을까. 변계량 선생의 시 한 수를 작품으로 써 음미해본다.

_ 2021. 04. 03

쓰담 쓰담

千秋萬歲 천추만세

기와에 천만년 영화를 기원했지만
인생은 유한하며 장례 문화도 크게 변하고 있다

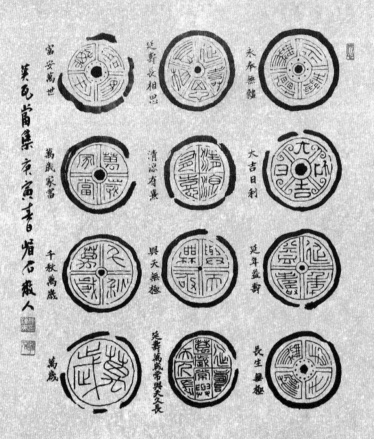

漢瓦當集 京寅書 指石微人

富安萬世　延壽長相思　永承無疆

萬歲家當　清涼有憙　大吉日利

千秋萬歲　興天無極　延年益壽

萬歲　延壽萬歲常與天久長　長生無極

편하는 장례 문화

첫 직장에서 동고동락했던 여직원의 남편으로부터 문자가 왔다.

"아버지께서 어제 저녁 별세하셨습니다."

부고에는 발인 시각과 장지가 적혀 있었고 발신인 또는 알리는 이가 없었지만 여직원 남편의 손전화기임은 틀림이 없었다. 그 여직원과는 결혼 전 출퇴근길을 함께하며 오누이같이 정도 들었지만 각자 결혼해 살면서 부부간의 만남도 가져왔다. 그 여직원의 시아버님께서 노환으로 별세하신 줄 알았고 장례식에는 참석할 수 없는 부득이한 사정이 있었기에 부의금 송금으로 인사를 대신하고 몇 개월이 지나서였다.

아뿔싸, 그 여직원의 남편이 작고했고 아들이 아버지의 전화기로 부고를 알렸다는 소식이었다. 그런 줄 알았더라면 열 일을 제쳐 놓고라도 문상을 했어야 했다. 망인은 사업을 옹골지게 하시므로 주변인에게 인기가 많았는데, 성격이 호방하다 보니 술로 건강을 해친 듯했다. 나중에 그 부인을 만나 장례식에 참석지 못한 변명은 했지만 참으로 체면 서지 않는 일이 되고 말았다.

전통적으로 혼인이나 장례를 알릴 때 우인대표友人代表 또는 호상소護喪所나 호상인護喪人의 이름으로 청첩장 또는 부고를 써 왔는데 요즘에는 휴대전화 문자 메시지를 사용한다. 알리는 이도 본인 또는 가족 명의가 대세다. 코로나19로 세상은 변하고 있다. 식장에 가기를 꺼리고 오는 것도 부담일뿐더러 혹시 상주 본인의 일로 코로나 환자라도 생길까 두려워 행사를 치르고도 십여 일을 두문불출하는 사람들도 있다고 듣는다.

시대적 조류가 조촐한 행사로 변화하는 요즈음 '코로나로 인하여 초대를 하지 않습니다.' 또는 '코로나로 인하여 조문을 받지 않습니다.'라고 알리는 사람도 있던데 진정 그렇다면 이런 문자를 보내지 않으면 될 일이다. 팬데믹에 이어 장기화되고 있는 환란이 우리의 생활 모습을 바꿔 놓고 있다. 지나고 보니 사실 그동안의 예식은 허례가 너무 많았지 싶기도 하다. 이제 가족 또는 절친한 몇몇을 초청해서 간소하게 치르는 축소형 행사로 정착해 가는 과정이지 싶다.

예로부터 우리나라는 동방예의지국으로 칭송되면서 조선 시대 유교 문화가 뿌리 깊이 전해 내려왔지만 최근 들어 장례 문화에 있어 일대 혁신이 일고 있다. 화장火葬이 대세이며 공동묘지 이용 또는 산골散骨 등 자연장을 선호하는 추세다. 이는 국토의 효율적 이용 및 환경 보호 차원뿐 아니라 자식의 묘지 관리 부담을 경감한다는 차원에서 장려할 일이라고 하겠다.

쓰담 쓰담

코로나 사태와 더불어 부고를 받고 장례식장을 찾거나 스마트폰으로 인사를 대신할 경우 봉투 사용 또는 메시지를 보낼 때 정중한 예의를 지켜야 함은 물론이다. 흔히 '고인의 명복을 빕니다.'라는 문구는 이와 같이 띄어 쓰지 않고 '고인의명복을빕니다' 또는 '홍길동삼가고인의명복을 빕니다'와 같이 붙여서 써야 한다거나 '~빕니다'와 같이 온점(.)을 찍으면 안 된다는 속설도 있는데, 국립국어원의 한글 사용 기본 원칙에 충실하여 띄어 쓰고 온점을 찍는 것이 좋겠다는 생각이다.

코로나로 인하여 조문을 받지 않겠다면서도 '편의를 위하여' 또는 '필요하신 분을 위하여'라는 단서 뒤로 상주의 계좌번호를 알리는 경우도 있는데 전후 이치에 맞지 않는다고 생각한다. 혹여 호상소 또는 호상인 명의라면 이해가 될 법도 하고 생전에 활동했던 소속단체의 단체 알림이라면 모를 일이나, 상주가 자기 계좌번호를 알리는 건 더욱 그렇다. 어떤 경우라도 계좌번호 공개는 신중을 기해야 할 것이다.

상가에 조화가 많고 적음이 고인이나 가족의 신분을 가늠하는 잣대로 이용되는 경향이 없지 않다. 이도 분명한 조위弔慰의 또 다른 방법이고 화훼 농가를 비롯하여 화원을 경영하는 소상공인을 위한다는 긍정적 입장도 이해는 되지만 너무 많은 화환을 진열해야 하는지도 생각해 봐야 할 일이다. 어떤 예식장의 경우는 밀려 들어오는 화환을 진열할 공간이 없어 리본만 접수하고 화환은 즉시 돌려보내기도 한단다. 영세한 꽃집이 재활용할 터이니 부조의 의미가 배가된다고 해야 하나.

상가에서 문상객에게 식사를 제공하는 문제도 변화가 불가피하다. 그동안 식사 때를 맞춰 문상을 하고 그 자리에서 식사나 음식을 나누면서 상주를 위문하거나 상갓집 로비가 이루어져 왔는데, 코로나 방역 수칙으로 음식 제공을 못하게 하고 있다. 당장은 섭섭한 생각도 들지만 상가의 부담을 덜어 주는 일이라서 장려될 일이라는 생각이 든다. 예식장 업주 입장에서는 직원들 월급도 주지 못하게 생겼다고 하소연한다지만….

구순을 넘겨 사시는 어머니는 당신 나이 사십 대에 이미 수의壽衣를 해 놓으셨고 화장을 반대하시므로 매장을 하되 봉분 없이 평장平葬으로 해 드릴 생각이다. 나의 죽음 이후로는 수의를 평상복 차림으로 하고 화장하여 가족묘원에 묻되 비석 하나만을 남기기로 형제, 자녀들의 합의를 이루고 있다.

장례 절차가 지역마다 다르고, 가정마다 다르다고 하지만 어느 시인의 말대로 '이 세상 구경 잘하고 간다.'는 말 한마디를 남길 뿐 땡전 한 푼 가지고 가지 못하는 건 분명하다. 내가 묻힐 땅이 있는 것만도 다행으로 생각해야 한다. 후손들이 묘지 관리는 제대로 해 줄는지, 세상 등진 날은 잘 기억해 줄는지 미덥지 않지만 장례 문화가 하도 많이 바뀌는 세상이라서 이 또한 사치스런 걱정이라는 생각을 미루어 하게 된다.(서예작품: 한 와당문 – 중국 한나라 때 숫기와의 원형에 새긴 문자, 인간은 만대영화를 꿈꾸지만 생명의 유한함을 상기해야 한다)

작품평설

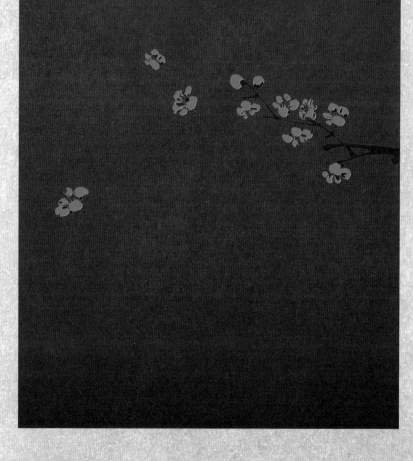

수필의 퓨전,
기하학적 의식의 내면 풍경

류종인의 서예書藝수필집 『쓰담 쓰담』의 수필 세계 들여다보기

한상렬 | 문학평론가

1. 들어가기

작가 류종인, 그는 평생을 농업인으로 농협에 봉사한 이다. 가정과 사회에서도 경영의 귀재鬼才라 할만치 삶의 텃밭을 일구어 온 그는 퇴임 후에도 당진문화원 원장으로 서예와 수필 창작은 물론이요, 문화 활동에도 깊은 관심과 이해로 지역 문화 발전에 적지 않은 공로를 남긴 이다.

그런 그가 연전 '수필'이란 문학의 용기用器에 자신의 존재 사태에 대한 사유와 성찰을 담아 수필집 『월야月夜의 상록수』를 상재함으로써 작가로서의 면모를 과시한 바 있다. 그의 저작著作이야말로 작가 류종인의 분신이라 해도 좋을 일이겠다. 단적으로 그의 수필집에는 작가의 온 생애가 농축되어 있다 해도 좋을 일이었다.

그의 수필집은 자신의 삶의 경영과 문화 전반에 걸친 체험담이 편편마다 담겨 있어 독자를 사로잡았는가 하면, 가정과 사회 아니 문화 전반에 걸친 해박한 지식과 존재 인식의 지평이 마력과도 같은 흡인력으

로 독자를 사로잡은 바 있다. 수필문학의 특성이 그러하듯, 그의 수필에는 아름답고 향기로운 추억과 고향 바라기, 일종의 공간애인 토포필리아Topophilia가 담겨 있어 애틋하고 간절한 그만의 성채城砦를 구축하였다.

앞서 그가 상재한 수필집『월야의 상록수』에서 보듯, 그가 희원하는 세계의 진실은 삶의 반영이라 할 그의 작품에서 구체화되고 있다. 그는 사물과 대상을 자신의 프리즘에 의해 굴절시키고 변용시켜 자기화하고 있다. 그런 연유로 그의 작품을 음미하노라면 때론 가슴이 먹먹해 오고, 인생의 연륜에서 읽히는 삶의 진실에 눈뜨게 하는가 하면, 철학적 바탕 위에 구축한 그만의 세계에 탐닉耽溺하게 한다.

그의 수필이란 성채는 아주 견고하여 그만의 미적 언어로 해석되고 의미화하여 문학적 형상화의 길을 가고 있음을 보여 준다. 때문에 그의 작품 읽기는 그저 쉽게 읽히는가 하면, 때론 철학으로 무장하지 않고서는 그의 수필 세계로 진입하기 어렵기까지 하다. 이만한 깊이의 수필을 만난다는 것은 수필 읽기의 행운인지도 모른다.

그가 이제 새롭게 수필집을 선보인다. 모름지기 그의 새로운 수필집이 보여 주는 세계의 진실은 종전 그가 보여 준 수필의 지평을 뛰어넘는 상상력의 자유로운 유희遊戱이지 싶다.

이번에 작가 류종인이 펴내는 수필집『쓰담 쓰담』은 당진문화재단이 '올해의 문학인'으로 선정한 작가의 작품집이다. 서예 에세이라는 단서가 그러하듯, 이 수필집의 표제인 '쓰담 쓰담'은 작가의 언명대로 "붓글씨 써 담고, 수필을 써 담다"를 의미한다. 작가의 문화예술에 대한 관심

사인 수필문학과 서예의 만남일 것이다. 이 점이 여타의 작품집과 차별화되는 그만의 성채의 구축이 아닐까 싶다. 여기 문학과 서예의 만남은 두 예술 장르의 이종결합, 어쩌면 퓨전적 발상에 의한 작품집으로 전통적 문법의 파괴와 경계 가로지르기란 함의를 지니고 있어 독자의 문화적 욕구와 함께 수필문학의 새로운 지평을 열고 있다고 하겠다.

'일생', '지혜', '농업', '예술', '건강'의 5부, 40편의 작품이 서예작품과 함께 배열된 이 수필집은 작가 류종인의 독특한 문학적 관심의 지평을 보여 준다. 작품마다 작가의 진지하고 건강한 삶의 현장에서 그가 체험한 존재 인식의 화제들이 만발하고 있어 독자에게 수불석권手不釋卷하게 한다. 그의 수필 작품이 보여 주는 마력과도 같은 흡인력 때문일 것이다.

이제 그의 수필집 『쓰담 쓰담』이 추구하는 류종인 수필 세계를 탐색해 보고자 한다.

2. 섬세와 기하학적 의식의 구체화

헤라클레이토스는 말했다. "아무도 똑같은 강을 두 번 건너지는 못한다."라고. 그의 언술이 보여 주는 작품의 진실은 이러하다. 세계가 주목하지 않는 작품일지라도 우리가 그 작품에 담은 모든 것, 제거해 낸 모든 것과 완전한 조화 속에 울림을 일으킨다. 이런 반응에서 놀라운 것은 바로 솔직성에 있을 것이다. 작가 류종인의 수필 세계가 그렇다.

'서예수필집'이란 지칭이 조금은 낯설다. 하지만 오래전에 서예작가 정병철이 『예인藝人의 성城』이란 수필집을 상재한 일이 있으니, 과문寡聞하지만 두 번째 서예수필집이 아닌가 한다. 작가의 머리말을 인용하면 이 수필집의 제호인 '쓰담'은 "손으로 살살 쓸어 어루만지다."라는 사전적 의미로 해석하고 있다. 여기서 수필과 서예의 만남은 작가 자신의 고백처럼 "문학작품이 시각예술을 만나서 독자에게 지루함을 덜 수 있다면 아주 의미가 없지 않다는 생각에 이르렀습니다. 수필가에게는 독자에게 사랑받는 수필 한 편을 건지기 위하여 다작을 한다지만 꿈을 이루기는 쉬운 일이 아니라고 합니다."라는 언술에서 작가 정신을 읽게 한다.

먼저 표제 작품인 「쓰담 쓰담」을 보자. 작가 류종인에게는 '쓰담'과 관련한 여러 체험이 있다. "일생을 살아오면서 어려움이 있을 때마다 마음으로 또는 머리로 쓰담을 받는다는 건 누구에게나 잊히지 않는 기억으로 남을 것이다. 나에게도 세 가지의 쓰담은 인생의 고비를 넘을 때마다 큰 교훈이 아닐 수 없었다."(「쓰담 쓰담」에서)고 했다. 그 하나는 20대 때에 선현의 가르침인 '시혜불념 수혜불망施惠不念 受惠不忘'이며, 둘은 30대에 직장의 상사로부터 받은 쓰담인 '사필귀정事必歸正'이요, 셋은 40대에 시작한 붓글씨이다. 이런 체험이 그에게 입지전적 삶이 있게 하지 않았을까. 특히 전고典故의 인용이 이 수필의 설득력을 높여 준다.

30대에 직장의 상사로부터 받은 쓰담은 내 인생의 철학이 되었다. '진실은 언젠가는 밝혀지며 거짓은 영원히 감출 수 없다.', '세상에 비밀은 없다.'며 사필귀정事必歸正을 늘 강조하셨다. 어느 위치에서 어떤 일을 하든지 이 네 글자를 잊어 본 적이 없다. 편법을 생각하다가도 사필귀정을 떠올려 일 처리를 하고 나면, 시간이 흐른 뒤 편법을 따르지 않은 것이 얼마나 다행스럽게 생각되던지 늘 그랬던 기억뿐이다.

_「쓰담 쓰담」에서

　이런 섬세의 정신이 파스칼의 언명을 떠올리게 한다. 파스칼은 그의 『팡세』의 첫 장에서 인간의 두 개의 정신을 말하고 있다. 섬세의 정신과 기하학의 정신이 그것이다. 여기서 기하학의 정신은 '왜?'라는 물음에 대해 '때문'이라고 답해 준다. 이를 위해서는 먼저 눈이 필요하고, 머리가 필요하다고 말하고 있다. 이런 정신으로 우리는 세상을 이해하고 파악하며 설명하거나 증명하려 한다. 반면에 섬세의 정신은 무엇인가를 느낌으로 받아들이고 분위기나 기분으로 짚어 내는 정신이다. 이를 위해서는 먼저 눈보다 손이, 머리보다 몸이 필요하게 된다.

　작가 류종인의 삶에 천착하면 그에게서 이런 정신세계의 지평을 감지하게 한다. "내가 태어난 고향을 떠나 인근 타군에 소재한 농업고등학교에 진학하여 학업을 이어 가는 일은 너무나 어려움이 많았다. 수업료를 제때에 보내 주시지 못하는 어머니의 농촌 생활은 초근목피草根木皮나 다름없었다."라는 곤고했던 과거의 체험은 작가로 하여금 농촌 문제에 깊은 관심을 갖는 농협인이 되게 하지 않았을까.

　수필 「망팔望八의 죽비竹篦」는 일상적 수필이지만 일상 이상의 메시지를 담고 있다. 소표제에서 보듯 일상, 농업, 건강 등의 키워드는 화자의 섬세한 정신의 발로이지만 지혜, 예술과 같은 사유의 세계가 기하학적으로 절묘하고 정치하게 직조되어 있다. 이 수필은 '건강'을 제재로, 토요일 오후 나뭇가지를 자르는 일을 하다 사고를 당한 화제를 다루고 있다.

토요일 오후였다. 동력톱을 이용하여 나뭇가지를 자르는 일을 하고 있었다. 나도 모르게 깜짝하는 순간, 동력톱의 날이 왼발 엄지발가락 위를 지나고 있었다. 잠깐 하는 일이라서 안전화도 신지 않고 장화를 착용하고 있었는데 아픔도 모른 채 헝겊으로 압박하고 지역 응급센터를 찾았다. 응급 처치는 했으나 전문의사가 없어 이틀을 집에서 보낸 후 시내의 정형외과를 찾았다.

_「망팔과 죽비」에서

화자가 겪은 사고는 단순히 일상에서 우리가 경험했음직한 그런 통속적이지만 사유의 진폭에 따라 변용되고 굴절된다. 그래서 체험 이상의 삶의 진실과 존재 인식의 자각을 일깨우게 한다. 농작업 사고로 인한 8일 동안의 입원은 일을 멈추고 생각을 가다듬으라는 존재 각성의 계기였다. 이처럼 류종인의 수필은 일상에서 추수한 섬세의 정신을 뛰어넘는 기하학적 정신의 구현이라 하겠다.

수필 「내 안의 싱크홀」은 "집 마당 중앙에 직경 1m를 넘는 싱크홀이 생겼다. 원인을 알 수 없는 데다가 손자녀들이 더러 오면 뛰어노는 장소이니 얼른 메꿔야 했다. 주변의 공사장에 가서 흙 좀 얻자고 했더니 흔쾌히 승낙해 줘 날라다 메꾼 지 6개월도 지나지 않았는데 고치기 전과 꼭 같은 모양과 크기로 다시 발생했다."는 서두로부터 열리고 있다.

전개 과정은 ["면장의 도움을 받아 토목 담당 직원이 다녀갔지만 원인을 알 길이 없었다." → "사람의 몸속을 엑스레이로 찍어 살피듯이 땅속을 볼 수만 있다면 처방은 간단할 텐데 무슨 일이 일어나고 있는지 도무지 알 길이 없다."→"나이 탓일까. 지나온 일들이 주마등 같으면서 밤 잠을 못 자게 괴롭히는 시간이 잦다."]로 이어진다.

화자의 이런 섬세의 정신은 곧장 기하학적 정신과 교직된다. ["뒷동 산을 넘는 석양이 집 처마에 걸칠 때 지나온 발자국을 회억하게 만든 다."→"내 인생 시계는 고장도 없건만 내 의식의 뒤뜰은 마냥 허허로 운 기운이 감도는 요즘이다."]가 그것이다.

현상을 통한 자기 확인과 성찰은 그로 하여금 통찰에 이르게 한다. 작 가의 진정성이 묻어나는 대목이다. 수필문학은 이렇게 진정성을 담보 할 때 비로소 문학화의 길을 가게 하며, 독자로 하여금 문학적 감수성 과 삶의 진실에 공감하게 한다.

내 인생 시계는 고장도 없건만 내 의식의 뒤뜰은 마냥 허허로운 기 운이 감도는 요즘이다. 더욱 보듬지 못했고 섭섭하게 했던 일들을 시 적거림 없이 찾아내고, 찾아가 용서를 빌면 받아 줄까. 아니, 찾아오는 것 자체를 부담으로 알면 어쩌나…. 내 마음 밭에 버티고 있는 어두운 흔적, 삶이 남긴 찌꺼기, 버리지 못해 미련으로 얼룩진 자국마저 차라 리 내 안의 싱크홀에 가두자. 싱크홀은 지나간 흔적을 되돌릴 수 없다.

죽은 듯, 없는 듯 사는 게 용서를 비는 일이 아닐까. 올해 여름은 또 얼마나 더울까. 차라리 '근자열원자래近者說遠者來' 문구를 손부채에 써서 보낼 준비나 해야겠다. 작은 일이지만 용서를 담는다 생각하니 마음이 차분해짐을 느낀다.

_「내 안의 싱크홀」에서

이처럼 류종인의 수필에는 상투적 인상을 절제한 일상인의 정서와 사상이 행간에 넘치고 있다. 그의 수필 쓰기는 담론 자체의 미소함에도 불구하고 독자들에게 읽는 즐거움을 준다. 그야말로 작가 류종인이 추구하는 문학적 경향의 축도縮圖일 것이다.

3. 수필의 퓨전, 서예수필의 진경珍景

빈센트 반 고흐Vincent van Gogh는 자신이 본 것을 마음대로 재현할 수 있도록 '잘 보는 능력'을 갖고 있었다. 앙리 마티스Henri Matisse가 파리의 거리에서 지나가는 사람들의 실루엣을 몇 초 안에 그리는 연습을 하였듯, 수필작가 류종인 또한 미세한 사물과 대상에 포커스를 맞추고 '잘 보는 능력'을 그의 수필에서 발휘하고 있는 듯하다. 그의 수필은 미적 감수성이 살아 숨 쉬듯 발현한다. 하여 독자는 그의 수필에서 미적 희열의 감수성에 함몰하게 된다. 류종인 수필의 매력은 여기서 찾을 수 있을 것이다.

그의 수필은 전술한 바와 같이 수필과 서예의 결합이 대종을 이룬다. 수필의 퓨전이다. 이는 오늘의 수필이 지나치게 일상성에 경도되어 있어 독자에게 제공하는 메시지의 통속성에서 자유롭지 못하다는 저간의 목소리에서 새로운 수필을 선보인다는 점에서 주목하게 한다.

문학의 퓨전은 이종배합으로 혼용, 혼합을 의미한다. 미래의 수필문학은 전통적 수필 쓰기에서 한 발 나아가 순종고수에서 벗어나 착종, 이종배합에서 개성을 찾아가는 데 착목해야 할 것이다. 수필이 그런 길을 갈 때 비로소 천박하고 저속한 키치kitsch에서 전복顚覆적 예술로 가게 될 것이다. 이런 의미에서 작가 류종인의 수필에서의 퓨전적 시도는 유의미한 일이겠다.

　작가 류종인은 오랫동안 서예에 몸담은 만큼 그의 상당한 수필에 한시를 중심으로 한 사유의 세계가 펼쳐진다. 작가가 체험한 일상을 한시에 대입하여 유사착상한 그의 수필 「촌거村居」는 표제 그대로 평생 흙과 더불어 살아가는 생활인의 모습을 보여 준다. 농협지부장으로 농촌 사회에의 봉사를 다한 그가 제2의 삶을 경영한 문화원장의 자리는 문화적 관심과 한학과 서예에 있어 발군의 능력을 보여 주기에 충분했다. 그리고 지금은 촌거村居, "흙과 더불어 살아가고 있다. 흙과 대화하고, 작물과 대화하고, 자연과 대화한다. 등산을 해도 남과 함께하면 신경 써야 하는 일이 생긴다."고 서술하고 있다.

　　가끔은 외로움을 느낄 때도 있지만 새와 바람과 달과 별과 대화하면서 지나온 과오를 반추하며 시간 때우기를 한다. 자그마치 수십 년의 여명餘命이 불안을 가중시키는데 농촌의 노인들이 함께 겪는 애환이 아닐까 싶다. 윤 시인이 얘기하는 농촌의 정서는 아니어도 자연에 몸을 의탁하여 글 읽고, 글 쓰고, 글씨 쓰는 일이 혼자 할 수 있어 좋다.

　　　　　　　　　　　　　　　　　　　　_「촌거村居」에서

　이렇게 서예와 수필을 벗 삼아 유유자적, 노년의 삶을 즐기는 그는 어쩌면 행복한 이다. 더구나 "주민센터 프로그램으로 붓글씨 쓰기반을 야간에 열고 있다."는 데에 이르면 그가 어떤 삶을 경영하고 있는지 미루

쓰담 쓰담

어 짐작할 만하다. 글을 읽고 쓰며 글씨 쓰는 일을 삶의 으뜸으로 삼아 이제 망팔에 이른 작가의 진정한 삶이 작품 속에 농축되어 작가와 교감하고 교우하고 있다. 화자의 언술과 같이 "한적한 농촌에 기거하면서 자연과 대화하고 허중虛中한 생활을 즐기다가 천명天命을 다"하고자 하는 화자의 내면 의식의 풍경이 아름답다.

補國無長策 抛書學老農 보국무장책 포서학노농
人疎苔經濕 鳥集篳門空 인소태경습 조집필문공
煙淡溪聲外 山昏雨氣中 연담계성외 산혼우기중
杖藜成散步 滿袖稻花風 장려성산보 만수도화풍

「촌거村居」에서

수필 「촌거」의 모두冒頭에 인용한 이 전고는 고려 말의 문신 윤여형尹汝衡의 시다. 그는 "나그네로 떠돌면서 느낀 고달픈 심정과 고향을 그리워하는 내용의 시를 주로 썼다. 촌거에서는 책을 던지고 농사일을 배우면서 지내는 생활을 회화적으로 묘사하고 있다."는 화자의 언술처럼 노년에 이른 작가가 희원하는 삶의 반영이겠다.

그의 수필에서의 퓨전은 「수처작주隨處作主」에서도 잘 나타나 있다. "머무르는 곳마다 주인이 돼라."는 임제선사의 어록의 구절을 서두로 깔아 통속적인 일상에서 일상 이상의 사유의 결과를 낳고 있다.

우리는 지금 문학이 총체적 인간의 진실을 담아내지 못하는 우울한 시대에 살고 있다. 류종인의 수필을 독파하다 보면 진정한 글쓰기가 얼

마만큼 우리의 감정을 순화하고 잠든 영혼을 깨우는가를 보여 주고도
남는다.

> 내 집의 별채에 걸어 놓은 〈세한도〉는 전 직장에서 예산에 근무할 때
> 구입한 복제본으로 110㎝×34㎝ 크기의 작품이다. 국립중앙박물관에
> 소장된 세한도 진본은 원래 69.2㎝×23㎝였는데 청나라 문인 16인의 제
> 찬題贊(감상을 적은 시)과 우리나라 문인 4인(오세창, 정인보, 이시영, 김준
> 학)의 감상 글 등이 붙여져 14.695m의 크기로 표구되어 있다고 한다.
>
> _「내가 그리는 세한도歲寒圖」에서

수필 「내가 그리는 세한도歲寒圖」다. "그림의 구도는 매우 단순하다.
천지가 백설로 덮인 겨울 벌판에 납작한 토담집이 한 채 있고 그 양쪽에
는 소나무와 잣나무 네 그루만을 먹으로 담백하게 그리고 있다. 그러나
이 필선筆線의 담백함 속에는 고고한 정신과 고졸한 격조, 노련하고 진
실한 문인화의 경지가 숨어 있다." 이는 작가 류종인이 추구하는 존재
적 삶의 지표일 수 있다.

땅에서 나서 그 땅을 지키고자 하는 소박하지만 단아하고 격조 높은
삶에의 지향은 그의 수필이 지닌 향방이 비록 미등微燈일망정 독자에게
나아갈 길을 밝혀 주며, 평생 농협인으로 수필과 서예를 접목하여 그만
의 인문학적 세계를 접하노라면 그가 짓는 성채의 진중함을 느끼게 한
다. 이런 경향성은 그의 여타의 수필 「효와 병풍」, 「숙초당宿草堂」, 「대동
천자문大東千字文」, 「일언부중 천어무용 ―言不中 千語無用」, 「만흥漫興」에
서도 맥을 같이하고 있다. 그의 창작적 의도가 빛난다.

쓰담 쓰담

4. 토포필리아Topophilia 혹은 관계 맺기

수필문학은 자기 얼굴 그리기요, 성 쌓기에 이르는 구도의 과정과 접맥된다. 수필이 존재 해명의 문학이요, 인간학이라는 측면을 배제할 수 없는 것은 의미심장한 하나의 표상이다. 독일의 철학자 지멜Georg simmel은 "타인에 대한 해석, 타인의 내적 본질을 분석하는 것을 억제하기란 쉽지 않다."고 말한 바 있다. 우리는 의미 있는 초상화를 볼 때마다 그 표상 뒤에 어떤 속내가 숨어 있는지 알고 싶어 하는 독심술과도 같은 유혹에 속절없이 빠지게 된다.

류종인의 수필은 그 어느 작품을 꼽아도 배경과 인물 그 사이에 전개되는 존재의 문제에 닿게 한다. 타자他者는 나를 바라봄으로써 나에게 객체성을 부여한다는 바로 그 사실로 인해 나와의 관계에서 투쟁의 당사자라는 존재론적 지위와는 정반대되는 또 하나의 지위를 갖게 된다. 사르트르는 이를 "실존주의는 휴머니즘이다."라고 하였지만, 그의 『존재와 무』에서 보듯, 타자란 "나와 나 자신을 연결해 주는 필수불가결한 매개자"로 집약된다. 그에 의하면, 나와 타자는 '함께 있는 존재'가 아니며, 협력을 거부하는 관계에 놓여 있다.

수필 「죽로지실竹爐之室」을 보자. 화자는 "손님을 초대하거나 지나는 길손이 들렀을 때 차를 마시며 담소할 수 있는 공간으로 별채를 사용한다. 누추하기 짝이 없는 좁은 공간에 추사 선생의 서예 작품 '죽로지실竹爐之室'을 걸어 놓고 고상한 척하는 내 모습을 남들은 어떻게 볼지는 모르는 일이지만 나름의 편리를 좇아 하고 있다."고 한다. 그가 차실을 마련한 이유는 그렇다. 손님을 초대하거나, 지나는 길손을 위해서이다. 서예를 하는 그가 추사에게 빠져 있는 건 그럴 만한 일이겠다.

　이런 화자의 고아한 성정이 화자의 품격인 인격과 맥락을 같이한다. 때문에 화자의 마음밭에 객이 마음 편히 드나들 건 자명하다. 그럴 때 어떤 손님이건 마치 고향에 들앉아 있는 마음이기 십상일 터이다. 마주한 손님과 시간 가는 줄 모르고 대화하는 사이 찻물은 끓어 김을 토해낸다. 다실茶室은 손님에게 있어 고향과도 같은 공간애인 토포필리아의 장소일 것이며, 화자에게는 관계 맺기의 계기가 아닐까 싶다.

　　이런 예스럽고 멋진 생활은 언감생심이지만 농촌 생활에 쉴 틈 없이 일에 묻혀 지내다가도 잠시 잠시 쉬면서 차 한 모금으로 객기를 달랠 수 있는 것을 퍽 다행스럽게 생각한다. 모든 욕심 내려놓고 머리를 식혀 보자. 추사가 벗 황상에게 작품 한 편을 건넸듯이 찾아오는 손님에게 빈손으로 가지 않도록 부채라도 하나 써서 줘 보자. '죽로지실'이 '대나무로 만든 부채와 화로가 있는 방'일 수도 있겠다.

　　이렇게 쓰고 보니 어떤 정치인들이 도심에 문을 열었던 식당 이름 '하로동선夏爐冬扇'이 떠오른다. 여름의 화로와 겨울의 부채가 엇박자를 내면서 시대의 덧없음을 말하지 않는가. 나의 죽로지실엔 부채와 화로가 2세기의 간극을 메우려 하고 있다.

　　　　　　　　　　　　　　　　_「죽로지실竹爐之室」에서

　차 한 모금으로 객기를 달래고, 욕심 내려놓고 머리를 식힌다. "손님에게 빈손으로 가지 않도록 부채라도 하나 써서 줘 보자."라는 화자의 마음 씀이 '죽로지실'의 진정한 의미를 담고 있다. 마치 고향에라도 다

　　　　　　　　　　　　　　　　　　　　　쓰담 쓰담

녀가듯 공간애와 함께 관계 맺음의 진정성이 넘쳐난다. 수필의 품격과 인간애를 느끼게 한다.

　그런 화자에게 '보약 같은 친구'가 찾아왔다.

　["서울에서 걸어 첫날엔 오십 킬로를 걷고, 이틀째는 사십 킬로를 걸 었다고 한다." → "다음 날 충청도 각처에 흩어져 사는 친구들이 고깃 집에 모였다. C는 맛있게 먹고 코로나 잘 이기라며 값비싼 한우 고기 를 무한 주문한다." → "그는 나하고는 고등학교 때 한 반에서 공부했지 만 키가 크고 체격이 우람하여 교실의 맨 끝자리에 앉았었는데 학교 수 업보다는 소설책을 많이 읽는 친구였다." → "친구 K가 공직 생활을 마 치게 되자 매달 칠십만 원씩을 수년간 후원했다." → "초등학교 교장으 로 근무했던 J친구 학교의 불우 학생 두 명씩을 매년 선발해서 대학 졸 업 때까지 학비를 후원한 숫자가 십여 명에 이른다. 택시를 운전하는 L 친구에게 자동차를 사 준 얘기, 친구 부인들을 서울의 유명 성형외과로 불러 점을 빼는 시술을 해 준 얘기, 반창회 모임에 거금 삼천만 원을 내 어놓고는 일 년에 한두 번 회식을 하고 남는 돈은 최종 살아남는 친구의 몫으로 하자고 한 선행들이 대표적이다." → "몇 해 전에는 전직 대통령 선거에 후원그룹으로 참여했다고 한다."]

　이런 친구가 그에게 있다. 둘도 없는 죽마고우다. 하지만 그에게도 인간적 고뇌는 있기 마련일 것이다.

　그가 서울에 가서 고생할 때의 일화다. 지금의 테헤란로가 논밭 형 태에서 하나둘 빌딩이 들어설 때였는데 그가 종사하던 부동산 가게에 어린아이를 등에 업고 들어와 월세방을 찾는 아줌마에게는 수수료를 받지 않았다고 한다. 그의 성실함이 주변에 알려지면서 토지주들이 그에게 개발을 의뢰하게 되고 괄목할 성과가 소문을 타면서 그의 사업은 날로 번창했다고 하는데 그야말로 무일푼 빈손으로 거부를 일군 친구 C는 이 시대의 영웅이다.

「보약 같은 친구」에서

그 '보약 같은 친구'의 인간적 체취가 낯설지만 그저 낯섦만은 아니다. 이 수필은 고향에라도 찾아간 듯 토포필리아와 관계 맺기의 아름다움을 보여 준다. 이 점이 류종인 수필의 또 다른 지평일 것이다. "어렵게 돈을 벌었으면서도 그는 의로운 일에는 돈을 아끼지 않는다. 돈이 돈 벌고 이익 앞에서는 원칙이나 인륜도 없는 세상이지만 C에게서는 그의 인간됨과 성인의 면모를 읽게 한다."가 그것이다.

「잊을 수 없는 사람」의 경우도 이와 맥을 같이한다. "고등학교 학창 시절에 만난 홍성찬 선생님은 나의 운명을 바꿔 놓으신 은사恩師님이시다." 이 수필의 담론은 '은사'에 있다. ["내가 태어나고 자란 곳은 당진의 시골 마을이었다." → "담임 선생님의 추천서가 첨부되어야 응시원서를 제출할 수 있었는데 당시 담임 선생님의 답변은 나를 천 길 지옥으로 처박는 것이었다." → 수심에 차 있는 나를 발견한 홍 선생님은 어떻게 아셨는지 그런 건 걱정하지 말라시며 열심히 시험 준비나 하라고 타이르셨다. → 만약 그때 선생님의 도움이 없었다면 나는 평생을 고생스럽게 살았을지도 모른다.] 화자의 회고적 담론이 따사로운 인정을 감지하게 한다.

　　홍 선생님은 학교를 정년하신 후 인근 농촌 마을에 전원주택을 마련하시고 친구 또는 제자들을 불러 모아 체험으로 농사지어 나누어 먹는 일을 하고 계신다. 나 또한 농협을 정년퇴직하고 당진 고향에 들어와 이런저런 농사일로 소일하면서 매주 덕산온천엘 간다. 선생님은 매주 일요일 목욕탕을 다녀서 아드님이 목회를 하고 있는 해미교회로 향하시고, 나는 가족과 함께 그 시간에 맞춰 다녀오는 여정에 선생님의 안부를 여쭙는다.

_「잊을 수 없는 사람」에서

　이렇게 수필은 자전적 성격과 근거리에 있다. 그렇기에 화자의 자아 성찰, 자기 관조에 진정성이 실리면 독자를 감동, 감화하게 한다. 소재의 참신성, 주제의 참신성이 이 수필을 잘 받쳐 주고 있다. "체구가 작으셔서 별명이 '개미선생님'이셨는데 제자 사랑하시는 마음이 바다와 같고 농업·농촌 사랑이 태산과 같이 높으셨던 은사님! 사모님과 함께 일요일마다 교회로 향하시는 모습에서 부부지간, 부자지간의 애틋한 사랑을 훔쳐봅니다."라는 화자의 독백이 여운을 담고 있다.
　작가가 창조한 문학 작품은 그 작가의 창조적 상상의 산물이 된다. 그러나 현실을 바탕에 두지 아니한 창조는 상상 그 자체에 머물러 자칫 공허한 허상虛像의 직조가 되기 쉽다. 따라서 삶의 진실을 바탕으로 한 창조적 세계의 구현이 이뤄질 때, 그 글은 비로소 독자로부터 공감을 이끌어 내게 된다. 수필문학은 특히 '인간'에 기초하여 삶과 분리할 수 없는 현실에 천착穿鑿함으로써 얻어지는 존재 해명에 목적을 두기 때문에 더욱 그러하다.

5. 문을 닫으며

수필은 작가의 영혼과의 만남이다. 수필적 자아의 고독한 영혼 깊숙한 곳에서 자기 심령과의 속삭임으로 길어 올린 영감에 찬 글을 대할 때 우리는 한 작가의 깊은 사상과 만나게 된다. 루카치의 언명대로 "좀처럼 붙잡기 힘든 인간 영혼의 가장 은밀한 곳에 자리 잡은 마음의 미세한 풍경"을 그리는 장르가 수필이다.

작가 류종인의 서예수필집 『쓰담 쓰담』은 일상적이지만 일상을 뛰어넘는다. 그래 진정한 마음으로 읽어야 그의 수필의 진수에 닿는다. 그의 수필은 사유와 상상의 세계의 진폭이 비록 크지는 않으나, 존재 파악의 깊이를 느끼게 한다. 수필문학에 서예를 접목시킨 작가의 일상적 담론이 진정성을 지니고 그의 해박한 한자 문학권의 예지가 빛난다.

특히 섬세와 기학학적 의식이 이 수필집에서 구체화되고 있으며, 수필문학의 퓨전적 발상과 서예수필의 진경珍景, 토포필리아Topophilia 혹은 관계 맺기를 통해 그만의 성채를 구축하였다는 점에서 주목된다. 이는 작가 류종인이 착목하는 세계의 진실-인식론적 단절에서 존재론적 절속絶續-을 보여 주며, 사유의 극한에서 새로운 글쓰기를 창출하기 위한 상상과 은유적 상징의 형상화를 보게 한다.

바라건대 보다 인간 문제에 천착한 수필의 문학성과 철학성에 더욱 다가가 주었으면 하는 바람을 건네며, 이 글의 문을 닫고자 한다.

지상갤러리

(소장 작품)

- 우암 송시열 선생 (조월강산) 서각

- 추사 김정희 선생 (황룡가화) 서각

- 원곡 김기승 선생 (서기집문) 문진 석각

- 향석 전홍규 선생 (구절산방) 당호 현판

▪ 향석 전홍규 선생 작 광개토호태왕비 1/10 축소 오석 모각비

- 향석 전홍규 선생 자서자각 오석 석각작품(호시우보)

- 무림 김영기 선생 작품(금박지 위에 휘호: 서기집문)

■ 향석 전홍규 선생 작 광개토호태왕비 실물 크기 모각 탁본 4면

▪ 저자 미석류 종인 (대동천자문 전문)

大東千字文

天地覆載 日月煦懸 人參兩間 父乾母坤
慈愛宜篤 孝奉必勤 兄弟同胎 夫婦合歡
委質為臣 事君如親 師其覺後 友與輔仁
苟昧志翔 一九朝鮮 二聖檀其

三韓鼎峙 四郡遠麾 五麗吞幷 六鎮廣拓
七酋內附 八條外薄 九城宅域 十圖句屏
百濟進麗 徐代統均 用京漢都 孔釋教殊
青邱勝境 白頭雄擽 黃楊帝廟 未裳史庫

黑雲掃去 蒼旻恔睹 鴨綠土門 分頗建碑
極旗特色 加之坎離 鳳熊胸背 盤領角帶
官儒道服 宕程毛製 薜陽爛帽 套袖綿橫
花冠圓結 巨髻維纓 草芷蓮纓 小學童名

水田謂畓 羅禄曰稻 飼鳥飯蒸 辟蟲豆炒
農時憂旱 太宗雨下 嘉俳除夕 碓樂除夜
扶婁赴夏 復矢愚夷 代命忠堤 解經方言
降巢飛檄 聯唐庚信 破隋文德

斯多含郎　康戌屋社
千餘徒生　辛酸未妥
萬春郤敵　壬辰倭亂
姜贊宣威　癸丑歎倫
階殺后畿　亥訟平罪
豐存邦稷　申理倡反
尸諫后寧　晦軒倡緒
肉戰丕寧　圍隱繼燭
石礬清響　靜純資稟
竹橋血疑　退深高資
甲子适變　栗正發揮
乙巳偽約　沙嚴禮敬
丙寅洋擾　展也尤柄
丁酉再擾　轉讓談思
戊午株連　東魯近思
己卯網打　賢粹續錄

湛齋出處　輯要旣獻
重峯氣魄　夢訣且傳
舍崖仰鳥　世茂先冒
研精忘暮　許浚醫鑑
兎遂換狩　臨瀛回望
蛛絲寓輕　任堂詩贍
佩鈴警悍　老少南北
植鋒祛飄　黨派旱裂
亡驗擊飄　湖洛梅華
操警弄心　心性衡決
國系辨誣　帶負朱明
至誠訓感　遼伯星兵
音叺諧民　海牙殉身
律亦諧審　滅賊哈竇
典編綱實　侯休政臺
疑贊備便　僧家奇偉

論介桂娘　誰唾已瘡
落巖罔美　彼譯助援
埋蓋葵驛　園柘馬鬣
樹櫝雞林　禁苑蜜葉
古寺踵襲　沒真吾息
妓坊斬驂　我豈爾表
采菊祭允　玉鯉脫愁
題松忤衰　匪伊拜焉
捧腹絞枕　膝自屈然
衡鬚預供　激鷹勵志
玄匏超見　聽貓漏禍
紅衣潛溟　鐵更煮冷
貂裘謀征　裙緩郎鞶
雙臂呈烈　曳賞幼慧
寸指悔徑　盜佛孟浪

斤和危節　勿求良僕
毀亭早郎　善主是欲
稱病啞醫　對芋責從
避仕狂廢　截餅試兒
藥守貞魂　投全全恩
香抱舊冤　樣果免欺
祝髮罶鬃　繫驢問牛
說卿苦忱　騎席還駒
皓首作姿　于琴蘭苗
愧哉沐脂　率畫曾筆
拒使斷芶　堅瓷又造
孤憤難度　活字又刷
跣雪傘霖　棉始益漸
儉素熟能　茶祖大廝
請借泛柯　非乘朽舟
召幸浣紗　因秤升茌

粟屑脯片　放尿凍呂
享儀可範　執餌雙搁
束偶舞戲　予食奪匙
女鬼現怪　火櫓揚扇
鐘路逢批　上樹搖枝
銅雀流視　窰店縱蹄
於甄注江　爐邊置饀
用蕢掩刀　肛底燃柴
裸體橫刀　蟹尾知識
露脚容手　狗革面目
數砧觸顛　喫秅修齒
暗柱觸顛　兼奪射雉
盲者得閻　碧龍恭義
拳而捕魚　灌溉普施
西瓜砥皮　剛挈智異
烹苓飲波　此神仙界

罪屯潮泉　汽運風轉
朴淵瀑布　遞郵旋電
溫水酒椒　棊列絲繹
番醋何故　交互周遍
銀瓶貨寶　桑旭有昇
薪弊通寶　槿榮無窮
錦蔘芝芐　獨立不懼
完薑報索　永譽克終
苧長麻谷
貝粧煙管
案漆席莞
梳密簾細
鉢凹菙團
沿岸漁獵
鑛牧各業
收取山積
財源洞闢

乙亥夏日
廣開土太王碑
筆意
眉石　姚鐘寶